新時代香港中學生
國情與國民教育讀本

天大研究院 編著

商務印書館

責任編輯　熊玉霜
裝幀設計　趙穎珊
排　　版　高向明
印　　務　龍寶祺

新時代香港中學生國情與國民教育讀本

編　　著　天大研究院

撰　　稿　葉德平及團隊

插　　畫　黃芷琦　黃芷珊　歐雲妮

出　　版　商務印書館 (香港) 有限公司
　　　　　香港筲箕灣耀興道 3 號東滙廣場 8 樓
　　　　　http://www.commercialpress.com.hk

發　　行　香港聯合書刊物流有限公司
　　　　　香港新界荃灣德士古道 220-248 號荃灣工業中心 16 樓

印　　刷　美雅印刷製本有限公司
　　　　　九龍觀塘榮業街 6 號海濱工業大廈 4 樓 A 室

版　　次　2022 年 6 月第 1 版第 1 次印刷
　　　　　© 2022 商務印書館 (香港) 有限公司
　　　　　ISBN 978 962 07 6696 1
　　　　　Printed in Hong Kong

目錄

序言　　　　　　　　　　　　　　　　2

導言　　　　　　　　　　　　　　　　5

1 習近平新時代中國特色
社會主義思想　　　　　　　　7

2 實現中華民族偉大復興的
中國夢　　　　　　　　　　49

3 全面深化改革，促進
「五位一體」全面發展　　89

4 落實「一國兩制」，
促進國家統一　　　　　117

5 中國特色大國外交與
人類命運共同體　　　167

6 「一帶一路」倡議　　197

7 人類衞生健康共同體　225

參考答案　　　　　　　　　　　　252

序言

　　呈現在讀者面前的這本《新時代香港中學生國情與國民教育讀本》，是以天大研究院歷經十載編譯出版的《為國記言存史系列叢書》為基礎，擷取書中精華，以平實生動的形式編撰而成，旨在為香港青少年國情與國民教育提供教與學的參考，培養年輕一代更具國家觀念、珍惜香港情懷，擁有更廣闊的國際視野。

　　這本書也是我們為香港回歸祖國 25 週年獻上的一束心香。

　　今日的香港，已進入了一個新時代。隨着港區國安法的實施和選舉制度的完善，特別是經過具里程碑意義的選舉委員會選舉、立法會選舉和行政長官選舉之後，香港已邁進「愛國者治港」的新階段。在國家層面上，我們的祖國正置身嶄新的歷史方位和發展階段，開啟國家現代化建設的新征程，邁入向第二個百年奮鬥目標進軍的新時代；在國際上，世界正經歷百年未有之大變局，已身處世界舞台中央的中國，在人類命運與共的和平與發展事業中，正發揮日益重要的作用。

　　香港由亂及治、由治而興，香港的教育事業也必將翻開新的一頁。讓香港的年輕一代認識新時代的中國，認識「一國兩制」的深層內涵，是當下和今後國民教育的重要方向。培養香港年輕一代正確認識國家當前的歷史方位與發展階段，建立起對國家和執政黨認同的價值觀，這對香港融入國家發展大局、培養青少年國民素養和競爭力具有重要意義。

　　中共十八大以來的中國當代史，是一部黨和國家事業取得重大成就、發生深刻變革的歷史，開創了習近平新時代中國特色社會主義思想指引下

的一個新時代。為了記載與傳承這個偉大的新時代，本着為國記言存史，為後世載錄光榮與夢想之宗旨，自 2012 年始，天大研究院通過蒐集、編譯全球主要智庫和主流媒體對中共中央總書記、國家主席習近平的外交出訪與治國理政重要活動的報道與評論，出版了由三個子系列構成的《為國記言存史系列叢書》，包括以《中國夢 復興夢》、《習近平「一帶一路」倡議》、《新時代 新思想》、《人民至上 生命至上》為代表的「習近平：中國夢」系列、「習近平：外交出訪」系列和「習近平：主場外交」系列，至今已出版 25 本 38 冊書。

叢書以抱誠守真的筆觸，展現了習近平的執政理念、外交思想和人文情懷。所記之言，既包括習近平之言，也包括當今世界對中國這個崛起的新興大國國家領導人思想、理念、行動的觀察之言、評論之言，是以世界語言傳遞的「中國聲音」；所存之史，既是國際視野下的中國新時代之史，也是當代中國與當今世界的互聯互動之史，是以世界眼光講述的「中國故事」。

了解當代中國國情，認識國家發展成就及國際影響，是青少年公民教育的重要部分，是奠定國民價值觀的基礎元素。這套沉甸甸的《為國記言存史系列叢書》素以「蒐集面廣泛」、「內容豐富翔實」見稱，雖因卷帙浩繁並不容易一下子為年輕人消化吸收，但內容及其時代性與國際化特色，卻符合香港青少年公民教育的特點和需要。例如，高中公民與社會發展科強調「重視培養學生的正面價值觀、積極態度及國民身份認同」；「透過涉及香港、國家及全球發展的重要課題，拓闊學生的國際視野」；「認同國民身份，並具備世界視野，從經濟、科學、科技、可持續發展、公共衛生等範疇，認識其相互關係，以及於當代世界的發展和帶來的影響，同時了解香港、國家、國際社會的角色。」公民與社會發展科相關主題下的「課題」及「學習重點」與《為國記言存史系列叢書》內容高度契合。

因此，天大研究院組織編撰團隊研究叢書、精選內容，編寫成這本《新時代香港中學生國情與國民教育讀本》。我們衷心希望這本濃縮了中共

十八大以來波瀾壯闊的中國當代史和時代思想精華的讀本，能幫助香港中學生以宏觀視野建立新時代的價值觀、國家觀與世界觀。本書包括七個主題，分別是：(一) 習近平新時代中國特色社會主義思想；(二) 實現中華民族偉大復興的中國夢；(三) 全面深化改革，促進「五位一體」全面發展；(四) 落實「一國兩制」，促進國家統一；(五) 中國特色大國外交與人類命運共同體；(六)「一帶一路」倡議；(七) 人類衛生健康共同體。

感謝葉德平博士為首的撰寫團隊，以及熊玉霜編輯等出版團隊在過去一年來為本書的編著付梓所付出的熱情和心血。本書在籌備和研討階段，得到香港教育工作者聯會黃錦良主席、容向紅前秘書長，香港島校長聯會主席方仲倫校長、新界校長會主席邱少雄校長、九龍地域校長聯會主席張漪薇校長、中國文化研究院院長邱逸博士的悉心指導；多位中學一線骨幹教師，包括蘇浙公學鄭惠林老師、仁濟醫院王華湘中學傅潤偉老師、福建中學 (小西灣) 李偉雄老師、順德聯誼總會鄭裕彤中學林伯強老師等，就本書的體例、內容與編排等方面提出了很好的建議，在此一併深表謝意。我們大家都期望以《新時代香港中學生國情與國民教育讀本》為開端，開展《為國記言存史系列叢書》進校園活動，以讀書、講座、演講和答問比賽等形式，豐富學校的當代國情與國民教育，以啟示當下，燭照未來。

習近平總書記在慶祝中國共產黨成立 100 週年大會上的重要講話中強調「以史為鑒、開創未來」。教育是百年大計，香港的未來寄託在一代代年輕人身上，「一國兩制」偉大事業需要後繼有人。我們希望此書的出版能為香港青少年國民教育與愛國主義教育開啟新的篇章作出貢獻。

方文權

天大研究院創始人、董事長

導言

　　《新時代香港中學生國情與國民教育讀本》是天大研究院《為國記言存史系列叢書》的精華版，目標是以簡單明快的筆觸，為香港青少年國情與國民教育提供教與學的參考。

　　本書一共有七大章節，分別闡述了中共十八大以來的中國當代史，以及黨和國家的重大成就。每一章的扉頁都摘錄了習近平在不同場合的重要講話，為每一章作一個提綱挈領式的總結。為便利老師、學生快速掌握章節內容，我們特別在章節之首點列「章節要點」，而章節之末亦有「內容提要」、「關鍵概念」。同時，我們特別設有「延伸問題」，希望通過不同問題，鞏固讀者在該章習得之知識。

　　《新時代香港中學生國情與國民教育讀本》是以《為國記言存史系列叢書》作為基礎，用香港人的視野，以洗煉的文字，通過各種圖表，表述該系列叢書的菁華。因此，各章節之中附有大量圖畫、表格，使讀者能一目了然，迅速掌握全章概念。而一些重大事件、重要講話，我們都儘可能概括表述，做到簡單而易，又不失「信、達、雅」。

　　史籍浩瀚無垠，單靠一本書是難以完整表述，所以我們在一些重點概念旁邊置有一個「延伸閱讀」QR Code，俾便讀者可以通過手機快速瀏覽更多資料、掌握更完整的資訊。

　　我們也深切期望諸位讀者，能夠在閱讀本書以後，繼而閱讀天大研究院竟十年之功編譯出版的《為國記言存史系列叢書》。

　　最後，我們衷心希望《新時代香港中學生國情與國民教育讀本》能為香港融入國家發展大局貢獻一份綿薄之力。

1

習近平新時代中國特色社會主義思想

新時代中國特色社會主義思想和基本方略，不是從天上掉下來的，不是主觀臆想出來的，而是黨的十八大以來，在新中國成立特別是改革開放以來我們黨推進理論創新和實踐創新的基礎上，全黨全國各族人民進行艱辛理論探索的成果，是全黨全國各族人民創新創造的智慧結晶。

—— 習近平在中國共產黨十九屆一中全會上的講話：《全面貫徹新時代中國特色社會主義思想和基本方略》，2017 年 10 月 25 日

一 | 導言

在「千禧年」之前（1999 年），英國廣播公司（BBC）發起
全球「千年思想家」評選活動，卡爾・馬克思（Karl Marx）
成為「榜首」。隨後在 2005 年，英國廣播公司（BBC）再次
以「古今最偉大的哲學家」為題，調查了 3 萬多名民眾，馬
克思的得票率仍是最多。

馬克思主義從誕生開始，便深刻地影響了世界，也帶給中
國翻天覆地的變化。1920 年，李大釗發起組織了中國第一
個馬克思主義研究組織「馬克思學說研究會」，而《共產黨
宣言》首個中文譯本也在這時候刊行。

如果從李大釗等人成立「馬克思學說研究會」開始算起，馬
克思主義已經傳入中國超過一百年了。在這百年之中，馬
克思主義一直持續地「中國化」。1938 年，毛澤東在中國
共產黨六屆六中全會上首次明確提出並且詳細分析了「馬
克思主義中國化」這一命題和概念。今天，這一「中國化」
的進程仍然沒有停止。中共中央總書記習近平在慶祝中國
共產黨成立 100 週年大會上的重要講話中更特別指出「必
須繼續推進馬克思主義中國化」。

 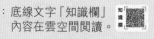

「馬克思主義中國化」是正常而合理的發展

德國哲學家黑格爾認為任何事物（正題）都有一個相對立的事物（反題），當兩者產生衝突時，便會出現更上一層次、把兩者都納入其中的第三種立場，也就是兩者的「合題」。大部分人一開始都會想選擇「找到最理想的事物」（正題），然而當他們發現目前找不到所謂「最理想」的時候（反題），往往會與現實妥協，決定「量身改造」（合題）。

同樣，這也能在「馬克思主義中國化」上體現。當初，馬克思主義的理念很切合中國的需要（正題），但事實上這是外國人根據其所觀察的情況提出的思想，來到中國後難免有點「水土不服」（反題），於是**我們便需要思考如何把兩者升上更高的一個層次，找到一個把兩者都納入其中的第三種立場（合題）—— 這就是中國特色社會主義**。這正正說明「馬克思主義不是教條，而是科學的行動指南。理論聯繫實際是馬克思主義的優良學風，與時俱進是馬克思主義的鮮明理論品格」。

中國特色社會主義是由中國改革開放總設計師鄧小平所提出，它的基本原則是，將**社會主義制度理論，與中國實際的發展相結合，使其成為具有鮮明中國特色的社會主義制度。**

中國特色社會主義要求把馬克思主義的理念與中國的實際情況結合，**制定出適合中國發展的方針和策略，讓工業、農業、國防及科學技術等走向現代化，從而建**

社會主義初級階段

設一個富強、文明的現代化國家。自中國改革開放以來，中國共產黨帶領全國人民，在堅持馬克思主義理念的同時，也考慮中國的實際情況，建構出一套適合自己的社會主義思想理論，走具有中國特色的道路。

中共十一屆三中全會，重新確立了黨的馬克思主義的思想路線，將指導思想由階級鬥爭轉移到經濟建設上。黨的十二大提出「走自己的路，建設有中國特色的社會主義」的發展方針。緊隨其後的十三大、十四大和十五大更訂立了一系列具體政策和措施，例如：解放思想，實事求是；保障人民需要，在社會平衡穩定、資源充分的前提下發展；以經濟建設為中心，加速發展生產力，實現國家現代化。在推動社會經濟發展的同時，中國特色社會主義也追求民主制度化、法律化，指出政府必須依法治國，改革和完善國家的政治體制和領導體制，改善和發展中國的民族關係，加強民族團結。

在十九屆一中全會上，習近平總書記曾指出：

剛剛閉幕的黨的十九大，是在全面建成小康社會決勝階段、中國特色社會主義進入新時代的關鍵時期召開的一次十分重要的大會，是一次不忘初心、牢記使命、高舉旗幟、團結奮進的大會。大會高舉中國特色社會主義偉大旗幟，以馬克思列寧主義、毛澤東思想、鄧小平理論、「三個代表」重要思想、科學發展觀、新時代中國特色社會主義思想為指導，分析了國際國內形勢發展變化，回顧和總結了過去5年的工作和歷史性變革，作出了中國特色社會主義進入了新時代、我國社會主要矛盾已經轉化為人民日益增長的美好生活需要和不平衡不充分的發展之間的矛盾等重大政

治論斷，闡述了新時代中國共產黨的歷史使命，提出了新時代中國特色社會主義思想和基本方略，確定了決勝全面建成小康社會、開啟全面建設社會主義現代化國家新征程的目標，對新時代推進中國特色社會主義偉大事業和黨的建設新的偉大工程作出了全面部署。

——《在黨的十九屆一中全會上的講話》，2017 年 10 月 25 日，詳見天大研究院編：《新時代 新思想 —— 習近平再次當選中共中央總書記、國家主席全球評論與報導選輯》，頁 2-3。

中國特色社會主義，是在中國共產黨的領導下，一直致力發展社會的生產力，建設健康的市場經濟，並推動社會主義下的民主進程，促進國家的全面發展，逐步實現全民共同富裕，建設富強、民主、文明的國家。中國特色社會主義，是新中國建立以來，政府與人民共同奮鬥和積累的成就，引領中國進步，同時改善人民福祉。

繁華的上海，是當代中國繁榮富裕的一個象徵。

二 | 中國特色社會主義的背景

(一) 理念

中國特色社會主義是中國共產黨自改革開放以來，治國方針和意識形態的發展方向。1982 年 9 月 1 日，改革開放的總設計師、黨的主要領導人鄧小平在中共十二大提出「中國特色社會主義」思想。此後，建設有中國特色社會主義的理論不斷補充、豐富，為中國的改革開放政策確立理論基礎與發展方向。在十九大，習近平總書記再次強調馬克思主義不是教條，而是科學的行動指南，要求黨內外繼續推進馬克思主義基本原理同中國具體實際相結合、同中華優秀傳統文化相結合，續寫馬克思主義中國化時代化新篇章。

下表有助於我們認識中國特色社會主義的理論：

重要內容

1	走自己的道路	在社會主義的發展道路上，不照搬外國模式，實事求是，從實際出發，走自己的道路。
2	社會主義初級階段	斷定中國處於社會主義的初級階段，這個歷史階段至少要持續上百年；制定一切方針、政策都須以此歷史階段為依據，不能脫離實際，超越階段。
3	達致共同富裕	社會主義的本質是解放生產力，發展生產力，以經濟建設為中心，消滅剝削，消除兩極分化，最終達到共同富裕。

| 4 | 一個中心，兩個基本點 | 1987 年中共十三大闡明了社會主義初級階段的理論和「一個中心，兩個基本點」的基本路線。 |

★「一個中心」：即「以經濟建設為中心」

★「兩個基本點」：即「堅持四項基本原則，堅持改革開放」。

| 5 | 三步走戰略 | 中共十三大訂立了實現社會主義現代化建設的「三步走戰略」： |

社會主義現代化建設目標			
步驟	時間	人均國民生產總值 *	國民生活
第一步	1981 年至 1990 年	500 美元	解決人民生活的溫飽問題
第二步	1991 年至 20 世紀末	1000 美元	人民生活達到小康
第三步	21 世紀中葉	4000 美元	人民生活比較富裕

* 這些目標是以 1980 年的人均國民生產總值（250 美元）為基數。2001 年達到 1042 美元，至 2010 年更達到 4434 美元，2013 年則高達 6767 美元，可見「第三步」的目標已提前實現。

整理自鄧小平《吸取歷史經驗，防止錯誤傾向》

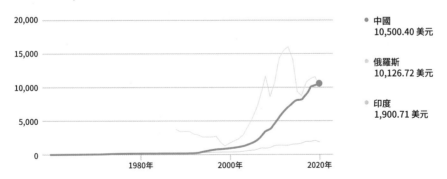

人均GDP 10,500.40 美元 (2020年)

● 中國 10,500.40 美元

● 俄羅斯 10,126.72 美元

● 印度 1,900.71 美元

來源：世界銀行

從以上圖表可見，中國於 2020 年的人均國民生產總值已突破了 10000 美元的關口，不但在 2010 年提前達到人均國民生產總值 4000 美元的第三步目標，更於 2020 年超越目標，其增幅大致超過兩倍半。

社會主義首先要發展生產力

根據我們自己的經驗,講社會主義,首先就要使生產力發展,這是主要的。只有這樣,才能表明社會主義的優越性。社會主義經濟政策對不對,歸根到底要看生產力是否發展,人民收入是否增加。這是壓倒一切的標準。空講社會主義不行,人民不相信。

—— 鄧小平《會見幾內亞總統杜爾時的談話》
(1980 年 5 月 5 日)

中共十二大提出了穩定國家發展的方針:「團結全國人民逐步實現工業、農業、國防和科學技術現代化,把中國建設成為高度文明、高度民主的社會主義國家。」這次會議標誌着中國正式進入「中國特色社會主義」的新政治軌道。

中共十三大報告《沿着有中國特色的社會主義道路前進》指出:「在社會主義初級階段,我們黨的建設有中國特色的社會主義的基本路線是:領導和團結全國各族人民,以經濟建設為中心,堅持四項基本原則,堅持改革開放,自力更生,艱苦創業,為把我國建設成為富強、民主、文明的社會主義現代化國家而奮鬥。」中國共產黨在改革開放以來,一直對中國特色社會主義的內容加以具體化,建立具中國特色的社會主義理論體系,不斷增強對堅持和完善中國特色社會主義制度的自覺性和主動性,為當代中國的發展進步提供保障。

「一個中心，兩個基本點」

「一個中心，兩個基本點」的基本路線是根據社會主義理論與基本國情而制定，包括社會主義現代化建設的領導力量（中國共產黨）、依靠力量（全國各族人民）、中心任務（經濟建設）、政治保證（四項基本原則）、直接動力（改革）、外部條件（開放）、基本方針（自力更生，艱苦創業）和奮鬥目標（把我國建設成為富強、民主、文明的社會主義現代化國家），其核心內容是「一個中心，兩個基本點」。

一個中心 (以經濟建設為中心)	兩個基本點 (堅持四項基本原則、堅持改革開放)
• 確立社會主義建設的經驗教訓 • 體現社會主義本質 • 解決國內社會的主要矛盾	• 必須堅持社會主義道路 • 必須堅持人民民主專政 • 必須堅持中國共產黨的領導 • 必須堅持馬列主義、毛澤東思想 • 堅持改革開放

「一個中心，兩個基本點」是相互貫通、不可分割的統一整體，堅持以經濟建設為中心，同時深化政府內部改革，促進國家發展。

(二) 框架

中國特色社會主義的本質是堅持中國共產黨的領導，以馬克思列寧主義、毛澤東思想、鄧小平理論、「三個代表」重要思想、科學發展觀和習近平新時代中國特色社會主義思想理論體系為指導，再結合中國發展的實際情況，形成一套有中國特色的社會主義理論體系。

中國特色社會主義以經濟建設為中心，並堅持四項基本原則，推動發展社會的生產力，並建設社會主義的市場經濟，讓社會主義的民主政治和文化能在和諧的社會下全面發展。**中國特色社會主義最終的目標是，逐步實現全國人民共同富裕，建設民主和文明的社會主義現代化強國。**

根據中國共產黨第十八次全國代表大會對中國特色社會主義的詮釋，中國特色社會主義包含了「道路、理論和制度」三個方面：

道路

指在中國共產黨領導下：
- 立足基本國情
- 以經濟建設為中心
- 堅持四項基本原則，堅持改革開放，鞏固和完善社會主義制度
- 建設社會主義市場經濟
- 建設社會主義民主政治
- 建設社會主義先進文化
- 建設社會主義和諧社會
- 建設社會主義生態文明
- 建設富強民主文明和諧的社會主義現代化國家

理論

中國特色社會主義理論體系：

- 鄧小平理論（馬克思列寧主義同當代中國實際相結合的產物，是毛澤東思想的繼承和發展）
- 「三個代表」重要思想（立黨之本、執政之基、力量之源）
- 科學發展觀（堅持以人為本，樹立全面、協調、可持續的發展觀，促進經濟社會和人的全面發展）
- 習近平新時代中國特色社會主義思想（明確堅持和發展中國特色社會主義，總任務是實現社會主義現代化和中華民族偉大復興，在全面建成小康社會的基礎上，分兩步走在本世紀中葉建成富強民主文明和諧美麗的社會主義現代化強國）

制度

中國特色社會主義制度：

- 人民代表大會制度（人民代表大會由民主選舉產生，全國人民代表大會由省、自治區、直轄市、特別行政區和人民解放軍選出的代表組成）
- 中國共產黨領導的多黨合作和政治協商制度（中國共產黨是執政黨，各民主黨派是參政黨，中國共產黨和各民主黨派是親密戰友）
- 民族區域自治制度（在國家統一領導下，各少數民族聚居的地方實行區域自治，設立自治機關，行使自治權）
- 基層羣眾自治制度（依照憲法和法律，由居民選舉的成員組成居民委員會，實行自我管理、自我教育、自我服務、自我監督）

三　| 習近平新時代中國特色社會主義思想

中共中央總書記習近平在十九大報告中提出:「我們既要全面建成小康社會、實現第一個百年奮鬥目標,又要乘勢而上開啟全面建設社會主義現代化國家新征程,向第二個百年奮鬥目標進軍。」十九大把習近平新時代中國特色社會主義思想確立為中國共產黨的指導思想,並莊嚴地納入黨章,實現了國家指導思想的與時並進。習近平新時代中國特色社會主義思想,是國家政治生活和社會生活的根本方針,中國特色社會主義由此進入新時代。

在習近平總書記的帶領下,中國進入了全新的時代,日益走近世界舞台的中央。

(一)「十個明確」

2021 年 11 月 11 日,中共十九屆六中全會審議通過《中共中央關於黨的百年奮鬥重大成就和歷史經驗的決議》,用「十個明確」對習近平新時代中國特色社會主義思想的核心內容作了進一步概括:

1. 明確中國特色社會主義最本質的特徵是中國共產黨的領導

中國特色社會主義制度的最大優勢是中國共產黨領導,中國共產黨是最高政治領導力量,全黨必須增強「四個意識」、堅定「四個自信」、做到「兩個維護」;

2. 明確堅持和發展中國特色社會主義

實現社會主義現代化和中華民族偉大復興，在全面建成小康社會的基礎上，分兩步走，建成富強民主文明和諧美麗的社會主義現代化強國，以中國式現代化推進中華民族偉大復興；

3. 明確新時代我國社會主要矛盾是人民日益增長的美好生活需要和不平衡不充分的發展之間的矛盾

必須堅持以人民為中心的發展思想，發展全過程人民民主，推動人的全面發展、全體人民共同富裕取得更為明顯的實質性進展；

4. 明確中國特色社會主義事業的總體佈局

經濟建設、政治建設、文化建設、社會建設、生態文明建設五位一體，戰略佈局是全面建設社會主義現代化國家、全面深化改革、全面依法治國、全面從嚴治黨四個全面；

5. 明確全面深化改革總目標

完善和發展中國特色社會主義制度、推進國家治理體系和治理能力現代化；

6. 明確全面推進依法治國

建設中國特色社會主義法治體系、建設社會主義法治國家；

7. 明確必須堅持和完善社會主義基本經濟制度

使市場在資源配置中起決定性作用，更好發揮政府作用，把握新發展階段，貫徹創新、協調、綠色、開放、共享的

新發展理念，加快構建以國內大循環為主體、國內國際雙循環相互促進的新發展格局，推動高質量發展，統籌發展和安全；

8. 明確黨在新時代的強軍目標

建設一支聽黨指揮、能打勝仗、作風優良的人民軍隊，把人民軍隊建設成為世界一流軍隊；

9. 明確中國特色大國外交

服務民族復興、促進人類進步，推動建設新型國際關係，推動構建人類命運共同體；

10.明確全面從嚴治黨的戰略方針

全面推進黨的政治建設、思想建設、組織建設、作風建設、紀律建設，把制度建設貫穿其中，深入推進反腐敗鬥爭，落實管黨治黨政治責任，以偉大自我革命引領偉大社會革命。

 解讀

「十個明確」是在中共十九大報告「八個明確」的基礎上，對習近平新時代中國特色社會主義思想的核心內容的進一步概括。「十個明確」反映了中國的政治體制和治國能力都得到全面的提升，不斷推進馬克思主義中國化，同時與中國的具體情況相結合，全面深化和體現中國共產黨的執政規律、社會主義建設的進度和社會發展的飛躍進步。

中國正向第二個百年奮鬥目標邁進，在發展的同時，既要保留馬克思主義的思想，更要創造出新時代下的社會主義中國特徵，結合舊有的實踐，不斷推進新的理論，使中國能夠展現更強大、更有說服力的發展成果。

「十個明確」**為國家奠定全新的發展方向，並推動中華民族的偉大復興**。要全面準確地理解習近平新時代的戰略構想和歷史意義，必須有一種全球視野的大歷史觀。十九大報告就是以中國文明史作為敘述背景，並在全球現代化的歷史進程中定位習近平新時代。

延伸閱讀

(二)「十四個堅持」

2017 年 10 月 18 日，習近平總書記代表十八屆中央委員會作十九大報告，指出全黨要深刻領會新時代中國特色社會主義思想的精神實質和豐富內涵，在各項工作中全面準確貫徹落實，為此他提出了「十四個堅持」：

1. 堅持黨對一切工作的領導

黨政軍民學，東西南北中，黨是領導一切的。必須增強政治意識、大局意識、核心意識、看齊意識，自覺維護黨中央權威和集中統一領導，自覺在思想上政治上行動上同黨中央保持高度一致，完善堅持黨的領導的體制機制，堅持穩中求進工作總基調，統籌推進「五位一體」總體佈局，協調推進「四個全面」戰略佈局，提高黨把方向、謀大局、定政策、促改革的能力和定力，確保黨始終總攬全局、協調各方。

2. 堅持以人民為中心

人民是歷史的創造者，是決定黨和國家前途命運的根本力量。必須堅持人民主體地位，堅持立黨為公、執政為民，踐行全心全意為人民服務的根本宗旨，把黨的羣眾路線貫

徹到治國理政全部活動之中，把人民對美好生活的嚮往作為奮鬥目標，依靠人民創造歷史偉業。

3. 堅持全面深化改革

只有社會主義才能救中國，只有改革開放才能發展中國、發展社會主義、發展馬克思主義。必須堅持和完善中國特色社會主義制度，不斷推進國家治理體系和治理能力現代化，堅決破除一切不合時宜的思想觀念和體制機制弊端，突破利益固化的藩籬，吸收人類文明有益成果，構建系統完備、科學規範、運行有效的制度體系，充分發揮我國社會主義制度優越性。

4. 堅持新發展理念

發展是解決我國一切問題的基礎和關鍵，發展必須是科學發展，必須堅定不移貫徹創新、協調、綠色、開放、共享的發展理念。必須堅持和完善我國社會主義基本經濟制度和分配制度，毫不動搖鞏固和發展公有制經濟，毫不動搖鼓勵、支持、引導非公有制經濟發展，使市場在資源配置中起決定性作用，更好發揮政府作用，推動新型工業化、信息化、城鎮化、農業現代化同步發展，主動參與和推動經濟全球化進程，發展更高層次的開放型經濟，不斷壯大我國經濟實力和綜合國力。

5. 堅持人民當家作主

堅持黨的領導、人民當家作主、依法治國有機統一是社會主義政治發展的必然要求。必須堅持中國特色社會主義政治發展道路，堅持和完善人民代表大會制度、中國共產黨領導的多黨合作和政治協商制度、民族區域自治制度、基

層羣眾自治制度,鞏固和發展最廣泛的愛國統一戰線,發展社會主義協商民主,健全民主制度,豐富民主形式,拓寬民主渠道,保證人民當家作主落實到國家政治生活和社會生活之中。

6. 堅持全面依法治國

全面依法治國是中國特色社會主義的本質要求和重要保障。必須把黨的領導貫徹落實到依法治國全過程和各方面,堅定不移走中國特色社會主義法治道路,完善以憲法為核心的中國特色社會主義法律體系,建設中國特色社會主義法治體系,建設社會主義法治國家,發展中國特色社會主義法治理論,堅持依法治國、依法執政、依法行政共同推進,堅持法治國家、法治政府、法治社會一體建設,堅持依法治國和以德治國相結合,依法治國和依規治黨有機統一,深化司法體制改革,提高全民族法治素養和道德素質。

7. 堅持社會主義核心價值體系

文化自信是一個國家、一個民族發展中更基本、更深沉、更持久的力量。必須堅持馬克思主義,牢固樹立共產主義遠大理想和中國特色社會主義共同理想,培育和踐行社會主義核心價值觀,不斷增強意識形態領域主導權和話語權,推動中華優秀傳統文化創造性轉化、創新性發展,繼承革命文化,發展社會主義先進文化,不忘本來、吸收外來、面向未來,更好構築中國精神、中國價值、中國力量,為人民提供精神指引。

8. 堅持在發展中保障和改善民生

增進民生福祉是發展的根本目的。必須多謀民生之利、多解民生之憂，在發展中補齊民生短板、促進社會公平正義，在幼有所育、學有所教、勞有所得、病有所醫、老有所養、住有所居、弱有所扶上不斷取得新進展，深入開展脫貧攻堅，保證全體人民在共建共享發展中有更多獲得感，不斷促進人的全面發展、全體人民共同富裕。建設平安中國，加強和創新社會治理，維護社會和諧穩定，確保國家長治久安、人民安居樂業。

9. 堅持人與自然和諧共生

建設生態文明是中華民族永續發展的千年大計。必須樹立和踐行綠水青山就是金山銀山的理念，堅持節約資源和保護環境的基本國策，像對待生命一樣對待生態環境，統籌山水林田湖草系統治理，實行最嚴格的生態環境保護制度，形成綠色發展方式和生活方式，堅定走生產發展、生活富裕、生態良好的文明發展道路，建設美麗中國，為人民創造良好生產生活環境，為全球生態安全作出貢獻。

10. 堅持總體國家安全觀

統籌發展和安全，增強憂患意識，做到居安思危，是中國共產黨治國理政的一個重大原則。必須堅持國家利益至上，以人民安全為宗旨，以政治安全為根本，統籌外部安全和內部安全、國土安全和國民安全、傳統安全和非傳統安全、自身安全和共同安全，完善國家安全制度體系，加強國家安全能力建設，堅決維護國家主權、安全、發展利益。

11.堅持黨對人民軍隊的絕對領導

建設一支聽黨指揮、能打勝仗、作風優良的人民軍隊，是實現「兩個一百年」奮鬥目標、實現中華民族偉大復興的戰略支撐。必須全面貫徹黨領導人民軍隊的一系列根本原則和制度，確立新時代黨的強軍思想在國防和軍隊建設中的指導地位，堅持政治建軍、改革強軍、科技興軍、依法治軍，更加注重聚焦實戰，更加注重創新驅動，更加注重體系建設，更加注重集約高效，更加注重軍民融合，實現黨在新時代的強軍目標。

12.堅持「一國兩制」和推進祖國統一

保持香港、澳門長期繁榮穩定，實現祖國完全統一，是實現中華民族偉大復興的必然要求。必須把維護中央對香港、澳門特別行政區全面管治權和保障特別行政區高度自治權有機結合起來，確保「一國兩制」方針不會變、不動搖，確保「一國兩制」實踐不變形、不走樣。必須堅持一個中國原則，堅持「九二共識」，推動兩岸關係和平發展，深化兩岸經濟合作和文化往來，推動兩岸同胞共同反對一切分裂國家的活動，共同為實現中華民族偉大復興而奮鬥。

13.堅持推動構建人類命運共同體

中國人民的夢想同各國人民的夢想息息相通，實現中國夢離不開和平的國際環境和穩定的國際秩序。必須統籌國內國際兩個大局，始終不渝走和平發展道路、奉行互利共贏的開放戰略，堅持正確義利觀，樹立共同、綜合、合作、可持續的新安全觀，謀求開放創新、包容互惠的發展前景，促進和而不同、兼收並蓄的文明交流，構築尊崇自然、綠色發展的生態體系，始終做世界和平的建設者、全球發展的貢獻者、國際秩序的維護者。

14.堅持全面從嚴治黨

必須以黨章為根本遵循，把黨的政治建設擺在首位，思想建黨和制度治黨同向發力，統籌推進黨的各項建設，抓住「關鍵少數」，堅持「三嚴三實」，堅持民主集中制，嚴肅黨內政治生活，嚴明黨的紀律，強化黨內監督，發展積極健康的黨內政治文化，全面淨化黨內政治生態，堅決糾正各種不正之風，以零容忍態度懲治腐敗，不斷增強黨自我淨化、自我完善、自我革新、自我提高的能力，始終保持黨同人民群眾的血肉聯繫。

解讀

「十四個堅持」是十九大報告提出的新時代中國特色社會主義的理論要義，回答了新時代怎樣堅持和發展中國特色社會主義，對全黨堅定四個自信、牢固四個意識提供理論支撐和精神動力。「十四個堅持」既堅持了馬克思主義基本原理，同時結合新中國的時代特點，不斷實踐「四個偉大」，更提出一系列的新思想和新觀點，把中國特色社會主義提升到一個全新的境界。「十四個堅持」指引國家全面建成小康社會，建設一個社會主義的現代化強

國，最終也是為了實現中華民族偉大的復興夢。

十九大「十四個堅持」對於改善環境問題起了重大的作用。 2017 年 10 月 18 日，中共中央總書記習近平在共產黨第十九次全國代表大會上作了報告。報告內容詳實，面面俱到，囊括多個國家重點領域，並專門為環境問題闢出一個部分。

延伸閱讀

「十四個堅持」擁有政治、理論、實踐和世界發展「四大意義」。

從政治意義上看，習近平新時代中國特色社會主義思想對統一全黨意志，堅定四個自信、牢固樹立四個意識，提供了強大的理論支撐和精神動力。

從理論意義上看，它既堅持了馬克思主義基本原理，同時也配合新時代的發展需要、結合新時代的新特點，推進馬克思主義中國化，在新時代持續發展。

從實踐意義上看，它為我國全面建成小康社會、建設社會主義現代化強國、實現中華民族偉大復興提供了具體的行動指南。

從世界發展意義上看，它為那些「既希望快速發展又希望保持自身獨立性」的發展中國家提供了全新選擇，為解決人類問題貢獻了中國智慧和中國方案。

「十四個堅持」是習近平新時代中國特色社會主義思想的具體詮釋，也是對馬克思列寧主義、毛澤東思想、鄧小平理論、「三個代表」重要思想、科學發展觀的繼承和發展。同

時，「十四個堅持」提出了堅持和發展中國特色社會主義的基本方略，鼓勵民眾堅持和發展中國特色社會主義的目標、路徑、方略、步驟。它強調共產黨對一切工作的領導，以人民為中心，全面深化改革，在發展全新的理念的同時，仍然堅持人民當家作主，全面依法治國，保障和改善民生。

（三）快速掌握：《習近平新時代中國特色社會主義思想學習綱要》

《習近平新時代中國特色社會主義思想學習綱要》是中共中央宣傳部根據中央要求組織編寫的政治理論著作，共 21 章、99 目、200 條，近 15 萬字，圍繞習近平新時代中國特色社會主義思想是黨和國家必須長期堅持的指導思想的主題，以「八個明確」和「十四個堅持」為核心內容，對習近平新時代中國特色社會主義思想作了全面的闡述，讓廣大群眾理解當中的精神和內容。

根據《習近平新時代中國特色社會主義思想學習綱要》，我們可以從以下十一方面認識習近平新時代中國特色社會主義思想：

1. 新時代的中國特色社會主義

「經過長期努力，中國特色社會主義進入了新時代，這是我國發展新的歷史方位。」全新的發展方位，讓共產黨在遵循歷史使命的同時，也能掌握當代中國發展的特徵，為國家和黨的發展路線，提供了基本的依據。

新中國建立以來，共產黨一直領導人民艱苦奮鬥，積累了不同發展階段的寶貴經驗。在發展新時代的中國特色社會主義時，政府必須把握時代的特點、展現把握歷史規律和歷史趨勢的高度自覺和高度自信。

自十八大以來，中國共產黨在改革開放和社會主義現代化建設兩方面都取得舉世矚目的成就，讓中國特色社會主義能在有利的環境下進入新的發展階段。「兩個一百年」奮鬥目標清晰描畫了全面建成社會主義現代化強國的時間表、路線圖。第一個百年奮鬥目標是在中國共產黨成立一百年之際全面建成小康社會，然後在這個基礎上分兩個階段實現第二個百年奮鬥目標，即到新中國成立一百年之際建成富強民主文明和諧美麗的社會主義現代化強國。在慶祝中國共產黨成立 100 週年大會上，習近平總書記宣告「我們實現了第一個百年奮鬥目標，在中華大地上全面建成了小康社會」，並指出「中國共產黨團結帶領中國人民又踏上了實現第二個百年奮鬥目標新的趕考之路」。

國際關係方面，中國可謂處於從大國走向強國的關鍵時

期。中國一直積極參與建設世界，與此同時，全球對中國的關注度也大大提升，而中國對世界的影響漸趨全面。

中國特色社會主義正在進入全新的時代，意味着中華民族正走向富強，中國特色社會主義中的「道路、理論、制度、文化」也不斷完善、發展，展現了發展中國家走向現代化的道路，為世界上其他發展中國家提供了寶貴的經驗。

2. 中國特色社會主義的本質

> 「黨政軍民學，東西南北中，黨是領導一切的，是最高的政治領導力量。」

中國特色社會主義最本質的特徵是中國共產黨領導，它的領導地位不是自封的，而是歷史和人民選擇的，並由中國憲法明文規定。

中國共產黨領導中國發展，領導中國人民實現中華民族偉大復興的中國夢，為中國帶來非凡的成就和國際地位。共產黨的領導必須是全面的、系統的和整體的。習近平作為黨中央的核心，處於全黨的核心地位，將帶領全黨全國各族人民，推動中華民族全面建成小康社會、建設社會主義現代化強國、實現中華民族偉大復興。而在帶領國家發展同時，也要深化黨和國家機構改革，要構建系統完備、運行高效的國家機構體系，各方亦須職責明確、依法辦事，使國家的各項工作能以協調、高效的原則運行。

3. 當代中國發展進步的基礎

> 「中國特色社會主義不是從天上掉下來的,是黨和人民
> 歷盡千辛萬苦、付出巨大代價取得的根本成就。」

中國特色社會主義是歷史的結論、人民的選擇,也是我國開創和發展的。共產黨和人民一直堅持獨立自主,改寫了中國人民和中華民族的前途命運。

中國特色社會主義是改革開放 40 多年來,共產黨與人民在共同奮鬥和實踐的基礎上,在推進革命、建設和改革的進程中,反覆比較和總結後,選擇的適合中國發展的社會主義道路。

4. 以人民為中心

> 「人民對美好生活的嚮往,就是我們的奮鬥目標。」

不忘初心,方得始終。中國共產黨永遠把為人民謀幸福作為國家的發展目標。因此,國家的發展必須以人民為中心,全心全意為人民服務。習近平清楚指出「人民對美好生活的嚮往,就是我們的奮鬥目標。」中國共產黨強調共同富裕,指出社會主義不是「少數人富起來、大多數人窮」。共同富裕是社會主義最大的優越性,是體現社會主義本質的一個東西,也是社會主義的根本原則。

新時代的中國特色社會主義，始終把人民放在首位。中國政府致力為人民提供更好的教育、更穩定的工作、更可靠的社會保障、更高水平的公共醫療服務，務求讓人民在一個健康的環境下生活，與國家共同進步。共產黨一直保持對人民的赤子之心，把人民利益放在首位，努力為人民創造更美好、更幸福的生活。

5. 全面建設社會主義現代化國家

> 「從全面建成小康社會到基本實現現代化，再到全面建成社會主義現代化強國，是新時代中國特色社會主義發展的戰略安排。」

新中國成立後，共產黨的首要任務就是建設現代化的工業、現代化的農業、現代化的科學文化和現代化的國防。從改革開放走到今天，中國取得了實現國家現代化、鞏固和發展社會主義的重大成果，用幾十年的時間，超越了許多西方發達國家上百年甚至數百年的發展歷程。

在新時代的發展進程中，習近平提出了一系列的新思想，目標是實現社會主義現代化和中華民族偉大復興。習近平提出從二〇二〇年到本世紀中葉，在全面建成小康社會的基礎上，分兩步走全面建成社會主義現代化強國。從全面建成小康社會到基本實現現代化，再到全面建成社會主義現代化強國。他提出「現代化的本質是人的現代化，我們

要建設的現代化是人與自然和諧共生的現代化，要推進國家治理體系和治理能力現代化，要在堅持以經濟建設為中心的同時，全面推進經濟建設、政治建設、文化建設、社會建設、生態文明建設，促進現代化建設各個環節、各個方面協調發展」等重大戰略思想。

新時代「兩步走」戰略安排，把基本實現現代化的時間提前了十五年，而「全面建成社會主義現代化強國」這一個更高目標，豐富了「兩個一百年」奮鬥目標的內涵，發出了實現中華民族偉大復興中國夢的最強音。

6. 發展民主政治

> 「照抄照搬他國的政治制度行不通，會水土不服，會畫虎不成反類犬，甚至會把國家前途命運葬送掉。只有緊根本國土壤、汲取充沛養分的制度，才最可靠、也最管用。」

在新時代中國特色社會主義下，中國用制度體系保證人民當家作主。中國的民主政治堅持三個原則：共產黨的領導、人民當家作主和依法治國。習近平指出：「發展社會主義民主政治就是要體現人民意志、保障人民權益、激發人民創造活力，用制度體系保證人民當家作主。」中央政府一直推動社會主義民主政治制度化，保證人民能依法參與各種形式的國家事務。

新時代中國特色社會主義民主政治制度的安排,保證了人民享有更加廣泛、更加充實的權利和自由,也保證人民廣泛參加國家治理和社會治理。其目標是提高人民生活質量和水平,維護國家獨立自主和國家主權安全,並且維護中國人民和中華民族的福祉。

中國特色社會主義堅持從國情和實際出發,把握住長期形成的歷史傳承和積累的政治經驗,解決現實的問題,不能割斷歷史,不能想象突然就搬來一座政治制度上的「飛來峰」。要堅定對中國特色社會主義政治制度的自信,增強走中國特色社會主義政治發展道路的信心和決心。

7. 維護國家主權

> 我們黨要鞏固執政地位,要團結帶領人民堅持和發展中國特色社會主義,保證國家安全是頭等大事。中國共產黨一直遵循「統籌發展和安全,增強憂患意識,做到居安思危」的原則。

總體國家安全觀的關鍵是「總體」。習近平強調「大安全」理念。這個理念涵蓋了政治、軍事、國土、經濟、文化、社會、科技、網絡、生態、資源、核、海外利益、太空、深海、極地、生物等諸多領域的國家安全工作。習近平既重視國家發展,同時也很重視包括國土安全和國民安全在內的國家安全問題,從而完善國家安全制度,加強國家安全能力,維護國家主權和利益。

習近平指出:「全面推進依法治國總目標是建設中國特色社會主義法治體系、建設社會主義法治國家。」這是促進社會公平正義、維護社會和諧穩定、確保國家長治久安的重點。在十九大報告中,習近平強調:「法治興則國家興,法治衰則國家亂。什麼時候重視法治、法治昌明,什麼時候就國泰民安;什麼時候忽視法治、法治鬆弛,什麼時候就國亂民怨。」

國家安全的領域包括:

1 政治安全	政治安全的核心是政權安全和制度安全,最根本的就是維護中國共產黨的領導和執政地位、維護中國特色社會主義制度。
2 國土安全	國土安全是立國之基。提升維護國土安全能力,能有效遏制侵害我國國土安全和分裂祖國的圖謀和行為。
3 經濟安全	社會主義的本質是解放生產力,發展生產力,以經濟建設為中心,消滅剝削,消除兩極分化,最終達到共同富裕。
4 社會安全	社會安全與人民羣眾切身利益關係最密切,是關係着人民羣眾安全感和社會安定的重要項目。積極預防、減少和化解社會矛盾,妥善處置公共衛生、重大災害等影響國家安全的突發事件。保障合法權益和打擊違法犯罪。
5 網絡安全	網絡安全是最複雜、最現實、最嚴峻的非傳統安全問題之一,是國家安全領域之一。加強網絡綜合治理、打擊網絡犯罪,推動信息領域核心技術突破、加強關鍵信息基礎設施網絡安全防護、增強網絡安全防禦能力和威懾能力、加強網絡安全預警監測。

和平穩定的國際環境和國際秩序是國家安全的重要保障。堅持共同、綜合、合作、可持續的新安全觀,積極塑造外部安全環境,加強安全領域合作,引導國際社會共同維護國際安全。切實維護我國海外利益安全,保護海外中國公民、組織和機構的安全和正當權益,努力形成強有力的海外利益安全保障體系。

8. 實現祖國完全統一

> 「必須把維護中央對香港、澳門特別行政區全面管治權和保障特別行政區高度自治權有機結合起來,確保『一國兩制』方針不會變、不動搖,確保『一國兩制』實踐不變形、不走樣。必須堅持一個中國原則,堅持『九二共識』,推動兩岸關係和平發展,深化兩岸經濟合作和文化往來,推動兩岸同胞共同反對一切分裂國家的活動,共同為實現中華民族偉大復興而奮鬥。」

「一國兩制」是中國特色社會主義的一個偉大創舉。在統一的國家內,國家主體實行社會主義制度,而個別地區依法實行資本主義制度。香港、澳門在這個框架下,實現了和平回歸。「一國兩制」是中國為國際社會提供的一個成功例子,是中華民族為世界和平與發展作出的新貢獻。

「一國兩制」是一個完整的概念。「一國」是實行「兩制」的

前提和基礎，「兩制」從屬和派生於「一國」，並統一於「一國」之內。「一國」是根，根深才能葉茂；「一國」是本，本固才能枝榮。香港、澳門依照基本法實行「港人治港」、「澳人治澳」、高度自治，必須充分尊重國家主體實行的社會主義制度。必須把堅持「一國」原則和尊重「兩制」差異有機結合起來，做到堅守「一國」之本，實現「兩制」和諧相處、相互促進。中央對包括香港、澳門特別行政區在內的所有地方行政區域擁有全面管治權。香港、澳門兩個特別行政區的高度自治權不是固有的，而是來源於中央授權。高度自治權不是完全自治，中央對高度自治權具有監督的權力。早在 20 世紀 80 年代，鄧小平就指出：「切不要以為香港的事情全由香港人來管，中央一點都不管，就萬事大吉了。這是不行的，這種想法不實際。」習近平強調：「任何危害國家主權安全、挑戰中央權力和香港特別行政區基本法權威、利用香港對內地進行滲透破壞的活動，都是對底線的觸碰，都是絕不能允許的。」

香港、澳門回歸祖國後，重新納入國家的治理體系，在「一國兩制」下，香港、澳門特別行政區享有高度自治，經濟平穩增長，對外交往日益活躍，各項事業也取得全面進步，與祖國內地的聯繫更趨緊密。港澳人民對國家發展和民族復興的信心不斷增強，同時也提升了國民身份的認同感。

9. 創新經濟理念

> 「發展必須是科學發展，必須堅定不移貫徹創新、協調、綠色、開放、共享的發展理念。」

總結國內外發展經驗教訓、分析國內外發展大勢後，習近平針對我國發展中的矛盾和問題，提出了：「創新、協調、綠色、開放、共享」的發展理念，務使國家持續健康發展，且解決發展不平衡的問題。

創新是國家發展的基礎和核心。創新發展注重的是解決發展動力問題，而創新正處於國家發展全局核心位置。

協調是持續健康發展的內在要求，協調發展注重的是解決發展不平衡問題，必須正確處理發展中的重大關係，不斷增強發展整體性。

綠色是永續發展的必要條件，讓人與大自然能在和諧的前提下共存，讓經濟發展和生態環境保護協同共進。

開放是國家繁榮發展的重心。推動更高層次的開放型經濟、提升中國在世界貿易的地位，是未來發展的路向。

共享是中國特色社會主義的本質。在發展的過程中，要做到全民共享、全面共享、共建共享、漸進共享，不斷推進全體人民共同富裕。

新時代的中國會大力發展經濟，推動互聯網、大數據、人工智能和實體經濟融合，提升經濟發展的效率和水平。其次，着力發展開放型經濟，提高現代化經濟體系的國際競爭力，透過完善、透明的法律體系，放寬市場准入，尊重國際營商規例，保護外資企業的權益。

新時代中國的發展目標是建設現代化的經濟體系，引領世界科技的變革和潮流，樹立在國際間的競爭力，實現繁榮富強的目標。

10. 全面推進依法治國

「全面推進依法治國總目標是建設中國特色社會主義法治體系、建設社會主義法治國家。」

全面依法治國是堅持發展中國特色社會主義的重要方面。全面推進依法治國，能夠促進社會公平正義，維護社會和諧穩定，並確保國家長治久安。

平等是社會主義法律的基礎，也是社會主義法治的基本要求。在立法、執法、司法、守法各個方面都要堅持法律面前人人平等。法治是治國理政不可或缺的手段，政府要讓法定程序成為國家意志，運用民主集中制的原則維護黨和國家權威、維護全黨全國團結統一。

11. 中華民族偉大復興的中國夢

> 「實現中華民族偉大復興，就是中華民族近代以來最偉大的夢想。」

中華民族經歷過山河破碎、民不聊生的重重劫難，但國家與人民從未放棄，一直在黑暗中奮勇前行。中華民族追求夢想的道路艱難曲折，為了實現這個偉大夢想，中國人民和無數仁人志士進行了千辛萬苦的探索和不屈不撓的努力。

實現偉大夢想並不是空談，而要因應我國實際情況推進。實現中華民族偉大復興的中國夢，就是要實現國家富強、民族振興、人民幸福。

國家富強，就是要全面建成小康社會，並在此基礎上建設富強民主文明和諧美麗的社會主義現代化強國。

民族振興，就是要使中華民族更加堅強有力地自立於世界民族之林，為人類作出新的更大的貢獻。

人民幸福，就是要堅持以人民為中心，增進人民福祉，促進人的全面發展，朝着共同富裕方向穩步前進。

習近平強調：「中國夢不是鏡中花、水中月，不是空洞的口號，其最深沉的根基在中國人民心中。」中國人民素來具有偉大的夢想精神，即使近代以來飽嘗屈辱，也堅持追求

民族復興的夢想。因此，中國的復興夢在於人民，人民也要共同擔起民族復興的責任，共享民族復興的榮耀。

習近平的中國夢以人為本，以中華民族強起來為追求。歷經過去兩個世紀的社會動盪、民族恥辱等內憂外患，如今的中國蓄勢待發，已有底氣再次巍然屹立於世界東方。

延伸閱讀

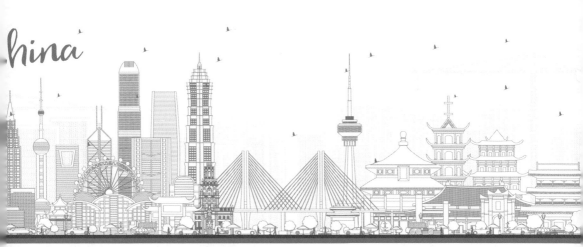

中國夢，是繁榮富強、文明美好之夢。

結語

社會主義思想誕生於 16 世紀初，在 19 世紀 30 至 40 年代，於西歐廣泛流傳，發展出不同分支。此後，馬克思、恩格斯總結了歐洲工人運動的經驗，針對空想社會主義的問題，創立了科學社會主義。20 世紀初，列寧在新的歷史條件下對馬克思主義進行闡釋、拓展。

從 16 世紀到 20 世紀，從馬克思到列寧，社會主義一直持續發展着。總結歷史，我們可以看到社會主義的發展有一個核心思想，就是：因時制宜、因地制宜、因人制宜。不同的時勢、不同的國家、不同的民族，都有着不同的條件，也有着不同的訴求。

列寧因應蘇聯的情況，總結了無產階級和資產階級鬥爭的新經驗，概括了 20 世紀初期社會科學、自然科學發展的最新成果，創造性地運用和發展了馬克思主義。

到了 20 世紀 10 至 20 年代，社會主義傳入中國。1921 年，中國共產黨宣告成立。到了 2021 年，中國共產黨迎來首個百年慶典。這一百年間，「時」與「人」都改變了，而中國情況之複雜，也非上世紀的蘇聯可比擬，因此，不能「照抄照搬他國的政治制度」，否則「會水土不服，會畫虎不成反類犬，甚至會把國家前途命運葬送掉」。（《習近平新時代中國特色社會主義思想學習綱要》）

《周易·繫辭下》：「易窮則變，變則通，通則久」，說的就是當事物發展到極致之時，就會產生變化，而變化之後，

就能通達持久。翻閱史書，由三皇五帝到今日中華人民共和國，從來沒有一套制度、一種思想，能夠亙古不變。周行封建，秦易之以郡縣；儒家行之千年，也在宋代轉化成理學。所以，原生於歐洲的社會主義，來到我國，難免會有「水土不服」的現象。假如我們「照抄照搬」，會有什麼結果？要不，就是自我折騰；要不，就是徒勞無功。因此，必須求變，把它變成適合我國國情的一套主義。

鄧小平提出「中國特色社會主義」。經過了近 40 年的實踐，習近平在十九大向全世界宣佈「中國特色社會主義進入新時代」。在理論層面上，「中國特色社會主義」成功把馬克思列寧主義中國化，並結合毛澤東思想、鄧小平理論、「三個代表」重要思想、科學發展觀，以及習近平新時代中國特色社會主義思想，發展成一套切合中國國情的思想。而在現實層面上，中國特色社會主義已應用在政治、社會、經濟等方面，指導我們逐步實現工業、農業、國防和科學技術現代化，並取得了舉世矚目的成績。

十九大報告指出：「發展社會主義民主政治就是要體現人民意志、保障人民權益、激發人民創造活力，用制度體系保證人民當家作主。」這其實就是我國「以民為本」傳統政治理想的體現。春秋時代，孔子提出了「節用而愛人，使民以時」思想（《論語・學而》），表達了重視民眾的想法。發展到戰國時代，孟子更明確地發表了「民為貴，社稷次之，君為輕」的仁政思想，告誡統治者必須「愛民」、「利民」，要做到輕刑薄賦，聽政於民，與民同樂。中國的民本思想自此真正形成，並植根在中華民族的土壤。

寒來暑往，日月盈昃，天道是循環不息的。中國早已熬過

了清末的頹勢，正慢慢地攀升。今日，我們已經是世界第二大經濟體，與美國分庭抗禮。在外交上，我們不怕美國的挑釁，在中美貿易戰之中，我們並沒有像百年前般無力抵抗；相反，我們有力地捍衛著自身利益，對美國的貿易入侵寸土不讓。我們告訴了美國：「你要為你的愚蠢和傲慢付出代價！」

目前，中國正踏上實現第二個百年奮鬥目標的新征程，堅持習近平新時代中國特色社會主義思想、凝聚人民力量，才能實現中華民族的偉大復興。在世界疫情的衝擊下，中國不退反進，發展越發壯大。

習近平說：「中國夢不是鏡中花、水中月，不是空洞的口號，其最深沉的根基在中國人民心中。」「中華民族偉大復興」並不是空洞的口號，也不是虛妄的夢想，它是全國 14 億人民一直念茲在茲的偉大目標。

內容提要 | **1** 堅持和發展中國特色社會主義的總任務是實現社會主義現代化和中華民族偉大復興，在全面建成小康社會的基礎上，分兩步走在本世紀中葉建成富強民主文明和諧美麗的社會主義現代化強國。

2 中國特色社會主義必須堅持以人民為中心的發展思想，不斷促進人的全面發展、實現全體人民共同富裕。

3 中國特色社會主義事業總體佈局是「五位一體」，戰略佈局是「四個全面」，強調道路自信、理論自信、制度自信、文化自信。

4 中國特色社會主義最本質的特徵是中國共產黨領導，中國特色社會主義制度的最大優勢是中國共產黨領導，中國共產黨是最高政治領導力量。

關鍵概念 | 社會主義　馬克思列寧主義　五位一體　四個全面
十個明確　十四個堅持　中華民族偉大復興

深度閱讀 |

主題	書名	頁碼
習近平新時代中國特色社會主義思想	《新時代 新思想 ——習近平再次當選中共中央總書記、國家主席全球評論與報導選輯》	46-48 199-221 238-245 472-482 485-488 576-579 604-606 895-897 1011-1025 1095-1097

延伸問題

是非題

1. 堅持和發展中國特色社會主義的總任務是實現社會主義現代化和中華民族偉大復興。　　　　　　　　　　是 / 非

2. 中國特色社會主義必須堅持以政府為中心的發展思想。
　　　　　　　　　　　　　　　　　　　　　　是 / 非

3. 中國特色社會主義事業總體佈局是「五位一體」，戰略佈局是「四個全面」，強調道路自信、理論自信、制度自信、文化自信。　　　　　　　　　　　　　　是 / 非

填充題

4.「中國特色社會主義」成功把＿＿＿＿＿＿主義中國化，並結合＿＿＿＿＿＿、＿＿＿＿＿＿、「＿＿＿＿＿＿」＿＿＿＿＿＿、＿＿＿＿＿＿，以及習近平新時代中國特色社會主義思想，發展成一套切合中國國情的思想。

5. 中國特色社會主義必須堅持以人民為中心的發展思想，不斷促進人的＿＿＿＿＿＿、＿＿＿＿＿＿共同富裕。

問答題

6. 請簡述「中國特色社會主義」的發展方向。

_____

_____

_____

_____

7. 請簡述新時代中國特色社會主義的總體佈局。

_____

_____

_____

_____

(答案見附錄)

實現中華民族
偉大復興的中國夢

實現全面建成小康社會、建成富強民主文明和
諧的社會主義現代化國家的奮鬥目標，實現中
華民族偉大復興的中國夢，就是要實現國家富
強、民族振興、人民幸福，既深深體現了今天
中國人的理想，也深深反映了我們先人們不懈
追求進步的光榮傳統。

—— 習近平在第十二屆全國人民代表大會第一
次會議上的講話，2013 年 3 月 17 日

一 | 導言

説到「夢想」，大家可能馬上聯想起 1960 年代的美國黑人民權運動領袖馬丁・路德・金（Martin Luther King, Jr，1929-1968）的一場演説。在該次演説中，馬丁・路德・金在描述他對於黑人與白人有一天能和平且平等共存的遠景時，不斷重複地呼喊着「I have a dream」。馬丁・路德・金強而有力的聲線，把「夢想」二字深深打進了觀眾的腦海。

英語「Dream」，翻譯成現代漢語，就是「夢想」。翻查典籍，「夢想」，原指的是「妄想」、「空想」，像佛經《般若波羅蜜多心經》中有一句：「無罣礙故，無有恐怖，遠離顛倒夢想，究竟涅槃。」那麼「夢想」是貶義嗎？不是，只不過有點難以達成。禪宗重視「當下」，故對未來的「夢想」自然是不待見。不過，時移世易，「夢想」的意涵在時光的沖刷下，變換成為「理想」的近義詞。

古人少談「夢想」，卻多言「志」。「志」，即是「志向」。李賀《南園十三首・其五》説：「男兒何不帶吳鈎，收取關山五十州？請君暫上凌煙閣，若個書生萬戶侯」，何等豪情萬丈！面對大好河山分裂的局面，李賀沒有因個體渺小而迴避，反而迎難而上，立誓要統一國家。此等豪言壯語，一字一句深深嵌進中華民族的血脈之中。

提示

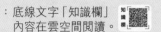 ：底線文字「知識欄」內容在雲空間閱讀。

 ：掃描二維碼，在雲空間閱讀「延伸閱讀」文章。

今日，中華民族也有一個夢想，一個追逐了近二百年的夢想——2012 年 11 月 29 日，習近平主席提出了「中國夢」，一個實現中華民族偉大復興的夢想。

要了解「中國夢」，必須先了解「兩個一百年」的目標。中共十五大報告首次提出「兩個一百年」的奮鬥目標：在中國共產黨成立一百年時全面建成小康社會，在新中國成立一百年時建成富強民主文明和諧的社會主義現代化國家。通過達成這「兩個一百年」的目標，國家變得富強，人民也將會得到幸福，而中華民族也將迎來偉大的復興。

二 | 開天闢地：新中國的成立和發展

從清末到中華人民共和國成立，中華民族飽歷風霜劫難。在敘述中華民族偉大復興之夢前，讓我們先回顧一下這波瀾壯闊的百年歷史。

(一) 晚清時期

在清朝統治的晚期，傳統封建帝制搖搖欲墜，中國近代史正緩緩拉開序幕。當時，清朝政府無力治國，西方列強蠶食中國。在第一次鴉片戰爭後，西方列強藉機入侵，通過巧取豪奪的手段，迫使清朝簽下一個又一個不平等條約。

| 第一次鴉片戰爭 | |

1838 年

- 英國藉着海軍力量，入侵世界各地，建立殖民地政權。英國一直覬覦龐大的中國市場，可是，中國一向自給自足，對外國商品沒有太大需求。於是，英國唯有通過鴉片銷售，彌補與中國的貿易逆差。

- 清朝深明鴉片之害，多次明令禁止鴉片入口。但英國並沒有遵守禁令，運用行賄、走私等非法手段，繼續違法販運鴉片。鴉片禍害甚深，上至官員、士紳、幕僚，下至士兵、太監，都有吸食鴉片的習慣。據統計，當時中國吸食鴉片的人多達 200 萬餘人。

1839 年

- 當時的道光皇帝為了解決鴉片帶來的禍害，派林則徐到廣州宣佈禁煙，這就是著名的虎門銷煙。煙是銷毀了，可是英國政府卻以此為藉口，向清朝發動戰爭。

1840 年

- 英國發動了侵略中國的鴉片戰爭，並在同年的 8 月攻至天津大沽口外，清朝的國家主權可謂岌岌可危。這場戰爭一直到 1842 年才告一段落，清政府被迫與英國簽訂史上第一個不平等條約──《南京條約》。
- 鴉片戰爭結束後，西方各國紛紛在中國被迫開放的通商口岸租買土地、建造房屋，利用中國龐大的勞動力和源源不絕的原料，經營他們的貿易，中國的經濟大受打擊。

太平天國

- 鴉片戰爭後，中國白銀大量外流，工商業凋敝。加上天災連連，令廣大的百姓生活更加困苦艱難。於是，就發生了太平天國起義事件。

1847 年

- 廣東花縣農民洪秀全、馮雲山建立「拜上帝會」的組織，起初在花縣活動，1844 年來到廣西貴縣宣傳教義，發展信徒。到 1847 年時，得力於馮雲山的積極宣傳，組織活動，團聚了會眾 2000 多人。「拜上帝會」的宗旨是「太平」的思想，為的就是爭取百姓能夠安居樂業。

1850 年

- 隨着「拜上帝會」的規模越來越大，廣西又剛遇上大饑荒，各處的農民都隨之起來抗爭，洪秀全藉此機會，率眾在金田起義，建號太平天國。

1864 年

- 太平天國勢力一度波及全國 17 個省份，給清朝的統治造成巨大打擊。但因缺乏有力的政治綱領，內部迅速腐化等因素，太平天國很快陷入困局。1864 年清軍攻下太平天國首都天京（今南京）。太平天國農民起義失敗。

- 太平天國是中國農民戰爭史上第一次涉及政治、軍事、經濟等的起義，它大力宣傳平等的思想，反抗封建統治，沉重打擊了清朝統治者的權力。

第二次鴉片戰爭

1856 年

- 正當清朝在處理太平天國起義的時候，英國和法國聯手對中國發動了一次新的侵略戰爭，又稱英法聯軍之役。

- 英、法兩國企圖利用清朝正在分心應付太平天國的機會，威脅清朝修改之前所簽訂的不平等條約，最大化他們在鴉片戰爭中得到的權益。

- 10 月 8 日，廣東水師在一次海上巡邏時，扣起了沒有合法執照的英國商船亞羅號，並監禁其中的船員。英國再次利用這種衝突，發起侵略戰爭，同時要求法國出兵。而美國和俄國為了染指在中國的利益，對英、法的侵略行動加以支持。

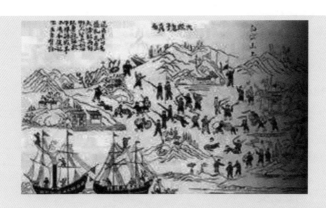

1857 年

- 英、法兩國向先前態度強硬的兩廣總督葉名琛發出通牒，要求他在 24 小時內讓出廣州城。在葉名琛拒絕後，12 月 28 日，英法聯軍開始進攻廣州城，次日攻下廣州，並俘虜了葉名琛。

1858 年

- 5 月 20 日，英法聯軍炮轟大沽砲台，揚言進攻北京。於是，清朝急忙派桂良、花沙納去天津求和。

- 6 月 26 日，清朝與英、法兩國簽訂《天津條約》，英、法、美更迫使清朝訂立《通商章程善後條約》，取得許多特權，進一步削弱清朝的實力。

- 在《天津條約》簽訂後，英、法兩國在派遣公使前往北京交換《天津條約》的批准書時，突然襲擊大沽口砲台，再次發動侵略戰爭。

1860 年

- 10 月 18 日，英法聯軍進佔北京，並火燒圓明園。此舉令許多歷史悠久的中華文物被掠奪和破壞。戰前咸豐帝攜后妃逃往熱河避暑山莊。城破後，恭親王奕訢受命與英法簽署了不平等的《北京條約》，割地賠款，喪失大量權益。

甲午戰爭

1894 年

- 朝鮮暴發東學黨起義，當時的國王李熙向北京請求支援。於是，清朝派遣直隸提督葉志超率軍前往朝鮮，並按《中日天津條約》的規定，先行通知日本。當清朝的軍隊到達朝鮮後，動亂已然平定，清朝便要求日本同時撤兵，將管治權交回朝鮮，卻遭到日本的反對。

- 7 月 25 日，日本在豐島海面襲擊清朝軍艦「濟遠」、「廣乙」號。8 月 1 日，中日雙方正式宣戰，因當年為甲午年，史稱「甲午戰爭」。9 月 17 日，雙方在黃海展開大戰，清朝北洋水師遭受較大損失。次年 2 月 17 日，日軍在劉公島登陸，威海衞基地陷落，清軍的北洋艦隊全軍覆沒。於是，清朝派李鴻章為全權大臣，赴日議和。

1895 年

- 4 月 17 日，兩國簽定《馬關條約》，宣佈甲午戰爭結束的同時，清朝需要割讓台灣、澎湖列島及遼東半島，並賠款二億兩白銀。
- 《馬關條約》給中國帶來了嚴重的禍害，不但破壞了中國主權的完整，其中的巨額賠款更大大加重了本來已經生活困苦的中國人民的負擔。

(二) 辛亥革命

重大事件	內容簡述
革命前奏	1894 年 11 月，孫中山在檀香山成立興中會，勢要驅除韃虜，建立合眾政府。1905 年 7 月，孫中山、黃興等人在東京將興中會、華興會、光復會合併組建中國同盟會，作為全國的革命中心，革命聲勢一時如火如荼。當時的革命分子積極發動了許多次武裝起義，雖然都失敗了，但卻大大削弱了清朝的力量，為後來的革命提供了重要的經驗。

晚清立憲	從中國的歷史可見，朝代與朝代之間暴發了無數次的「農民起義」，建立的新王朝，都是由一個專制政權代替另一個專制政權，平民百姓對於國家的統治，根本就沒有任何發聲的權利。在封建社會，皇帝的「言」與「行」就是國家的「法律」，皇帝的權力是無限的，長遠來說對中國的發展甚為不利。1894 年，鄭觀應在《盛世危言》中要求清朝「立憲法」、「開議會」，推行立憲政治。1901 年，維新派領袖梁啟超更曾發表《立憲法議》一文，鼓吹君主立憲制。
辛亥革命	革命軍於 1911 年 10 月 10 日晚發起武昌起義，這就是辛亥革命。1911 年 10 月 11 日，革命軍宣佈成立中華民國軍政府鄂軍都督府，改國號為中華民國，廢除清朝的宣統年號。
帝制滅亡	1912 年 2 月 12 日，在內閣總理大臣袁世凱的威逼下，隆裕太后發佈《遜位詔書》，宣佈清宣統皇帝退位，並授權袁世凱組織臨時政府，清朝的統治正式宣佈終結，也標誌着中國兩千年來的帝制宣告滅亡。

(三) 中華人民共和國成立

重大事件	內容簡述
軍閥混戰	辛亥革命建立了中華民國，孫中山先生任民國政府臨時總統。但其時，以孫中山為首的革命黨人實力弱小，既無軍隊，也無地盤，革命果實很快被原清政府實權人物袁世凱竊取。袁世凱做了民國總統，仍不滿足，意圖復辟帝制，被羣起而攻之。1916 年，做了 83 天皇帝的袁世凱在一片聲討中去世，隨後，中國陷入軍閥割據。北方主要是原北洋系分裂成的直系、皖系、奉系，南方則是新軍體系的雲南唐繼堯、廣西陸榮廷，另有山西閻錫山等。這些軍閥勢力有強有弱，但都無法一家獨大，他們合縱連橫，時戰時和，搞得民不聊生。這一時期，孫中山領導由同盟會聯合其他小黨成立的中國國民黨，繼續為中國的前途奮鬥。

中共成立 1921 年 7 月 23 日，在浙江嘉興南湖的一艘遊船上，一個新的政黨成立了。它成立時，只有 50 餘名黨員，無比稚嫩、脆弱。但它依託的「社會主義」革命理念卻如驚雷，撼動人心，也給苦難的中國人民帶來了新的希望。當時，中國老百姓頭上壓着「三座大山」，即「帝國主義」、「封建主義」、「官僚資本主義」，此外，戰爭和天災連綿，社會積弊深重，使得佔據人民主體的農民階級、工人階級、城市小資產階級，生活都異常困苦。中國共產黨人深刻地認識到過往的種種革命理論都無法拯救中國，只有奮起打破一切舊制度，建立全新的社會，才能找到出路。中國共產黨將社會主義、共產主義作為終極目標，以武裝革命奪取土地和權利作為實現途徑，在人民的認同和擁戴下不斷壯大。

壓在民眾頭上的「三座大山」。

抗日戰爭 近代以來，日本軍國主義膨脹，始終懷藏着向外擴張、侵略中國的野心。1931 年 9 月 18 日，日軍發動「九一八事變」，侵佔我國東北，十分之一的國土、三千萬國人淪陷，黑山白水為之嗚咽。6 年後，1937 年 7 月 7 日，日軍在北平盧溝橋演習，藉口士兵失蹤，要求進入宛平縣城搜查，遭拒後向中國守軍射擊，並炮擊宛平城。這就是「七七事變」，拉開了日軍全面侵華的序幕。直至 1945 年 8 月日軍投降，中國軍民進行了長達十四年、艱苦卓絕的抗戰。國民政府主持了對日作戰的正面戰場，共產黨的部隊則在敵後展開了大量游擊戰。抗戰期間，國共兩軍共進行大規模、較大規模會戰 22 次，重要戰役 200 餘次，殲滅日軍 150 餘萬。抗戰雖然最終獲得了勝利，我國付出的代價是極其慘重的，有統計數據指出，死傷軍人超過 400 萬、平民超過 3000 萬，財產損失更是難以估量。

國共內戰 中國國民黨與中國共產黨，曾兩度合作。第一次是在 1924 年至 1927 年，共同目標是打倒列強除軍閥；第二次則是為了對付民族大敵日本，於 1937 年結成抗日民族統一陣線。但隨着共同敵人的消失，其政治立場的對立即又彰顯，最終兵戈相見。國共內戰，以抗戰為分界線，分為兩個階段。抗戰前的 1927 年至 1937 年，十年間，雙方發生 5 次「圍剿」與「反圍剿」，國民黨軍佔據優勢，共產黨軍隊被迫長征，戰略轉移至國民黨力量較為薄弱的西北地區、陝甘寧一帶發展。抗戰時期，兩黨停戰，一致對外，其實力在此期間各有消長。1946 年 6 月至 1949 年為國共內戰的第二階段，也稱為解放戰爭。戰爭初期，國民黨方面軍事上仍佔據優勢，1948 年至 1949 年初，共產黨發起了遼瀋、淮海、平津三大決定性戰役，大舉消滅國民黨有生力量，掌握了戰爭主動權。1949 年 4 月，人民解放軍渡過長江，佔領南京國民政府總統府。年底，國民黨政府敗退遷至台灣。

中華人民共和國成立

1949 年大事紀

日期	事件
1月21日	國民黨在軍事與經濟上接連失利，時任國民黨總統蔣中正宣佈引退，並由副總統李宗仁出任代總統，並有意與共產黨停戰。
同年4月	雙方在北平舉行和平談判，但因中華民國政府無法接受和平協定中的條款，談判於 4 月 20 日宣告破裂。 和談失敗後，中國共產黨解放軍隨即發動渡江戰役，攻下南京、上海等城市，並接連拿下華中與華南大部分地區，共殲滅和收編國民黨軍隊 500 餘萬，並逼使國民黨的軍隊不斷向東南沿海撤退，此時，共產黨已經獲得實質性勝利。
9月21日	第一屆中國人民政治協商會議在北平舉行，通過《中國人民政治協商會議共同綱領》，選舉產生中華人民共和國中央人民政府委員會。
10月1日	中央人民政府委員會舉行第一次會議。同日，慶祝中華人民共和國中央人民政府成立典禮在天安門廣場舉行，中華人民共和國正式成立。
12月	國民黨政府撤退至台灣。

國共內戰結束後，在中國共產黨的帶領下，中華人民共和國正式成立。

開國大典上歡慶的人羣。

(四) 新中國成立初期

中華人民共和國初創之時，面臨着許多的困難和考驗，連最基本的人民生活問題都沒能解決。而內患未清，外憂又起。1950 年 6 月，朝鮮戰爭暴發，美軍多次越過「三八」線，直逼中朝邊境的鴨綠江和圖門江，並出動飛機轟炸中國東北邊境的城市和鄉村。新中國在重建道路上剛有所成，又要面臨外來侵略的威脅。

於是，中央人民政府決定抗美援朝、保家衛國。抗美援朝歷時八個月，進行過五次大戰役，直到 1951 年 6 月，中國人民志願軍和朝鮮軍隊一同將以美國為首的聯合國軍，從鴨綠江邊趕回「三八」線附近，並進行停火談判。這場轟轟烈烈的抗美援朝運動，激發了全國人民的愛國主義熱情，為新中國的重建帶來重大的鼓勵。

延伸閱讀

《長津湖》主要以抗美援朝戰爭的第二次戰役——長津湖戰役為背景，講述當中的一段波瀾壯闊的歷史。當時的中國人民志願軍在嚴寒殘酷的環境下，憑鋼鐵意志和英勇的精神，收復了「三八」線以北的東部廣大地區。

中國人民志願軍抗美援朝，跨過鴨綠江。

（五）改革開放

1. 背景

<table>
<tr>
<td>蘇聯模式未能加快國家的經濟發展與重建</td>
<td>

- 自中華人民共和國成立後，國家的發展方針和經濟原則都是借鑒蘇聯模式，注重發展重工業、執行計劃經濟及財產國有化，即是「三位一體」的發展模式。
- 為了加快國家經濟發展，以鄧小平為核心的第二代領導人開始提出改革開放，目的是在維持社會主義制度的前提下，改變國家發展的管理體制和政策，並建立開放的市場經濟體制。

</td>
</tr>
<tr>
<td>解決「文化大革命」所遺留下來的問題</td>
<td>

- 1981 年 6 月 27 日，中共十一屆六中全會提到「文革的 10 年，使黨、國家和人民遭到建國以來最嚴重的挫折和損失」。
- 實踐證明，「文化大革命」不是也不可能是任何意義上的革命或社會進步。它根本不是「亂了敵人」而是亂了自己，因而始終沒有也不可能由「天下大亂」達到「天下大治」。
- 「文化大革命」持續的十年，讓中國遭到十分重大的挫折，當時全國陷入嚴重的政治和社會危機。

</td>
</tr>
<tr>
<td>計劃經濟</td>
<td>

- 計劃經濟對國內經濟的控制十分嚴重，政府企業職責不分，無視價值規律與市場調節的作用。所有的方針都以計劃為綱，因而無法適應消費者的需要，成為中國經濟發展的最大瓶頸。
- 在計劃經濟下，中國所生產商品的數量都在計劃之中，購買商品還要相應的商品票（如糧票）。因此，縱然消費者有錢，也難以買到需要的商品，大大打擊國內經濟。
- 工農業生產與商品的經營都是公有制，人民不可以持有私有財產。這導致生產者對於擴大生產的興趣大大降低，讓中國失去發展經濟的動力。

</td>
</tr>
</table>

```
                    ┌─────────────────────────────┐
                    │  蘇聯模式未能加快國家          │
                    │  的經濟發展與重建              │
                    └─────────────────────────────┘
┌─────────────┐     ┌─────────────────────────────┐
│ 改革開放的原因 │────│ 解決「文化大革命」所遺留下來的問題 │
└─────────────┘     └─────────────────────────────┘
                    ┌─────────────────────────────┐
                    │ 計劃經濟束縛了經濟的進一步發展    │
                    └─────────────────────────────┘
```

2. 改革開放的先聲

1978 年，安徽省鳳陽縣小崗村開始發起家庭聯產承包責任制，揭開了中國農村改革的序幕，成為中國農村改革的發源地，也為國家的改革提供了原型。

1978 年 5 月 11 日，《光明日報》發表了一篇名為《實踐是檢驗真理的唯一標準》的文章，指出檢驗真理的標準只能是社會實踐，而理論和實踐的統一是馬克思主義的一個基本原則，任何理論都要不斷接受實踐的檢驗，並否定了「兩個凡是」。

這篇文章在全國引發一場關於真理標準的討論，鄧小平把握這個風潮，結合理論界、新聞界的力量，打破束縛中國發展多年的「兩個凡是」，也為日後的十一屆三中全會重新確立馬克思主義的思想路線，對中國改革開放產生了重大而深遠的影響。

3. 改革開放的方案

內容	措施	成效
經濟特區	<ul><li>1978 年，中共十一屆三中全會提出了實行改革開放的重大決策。</li><li>1979 年，在深圳、珠海、汕頭和廈門試辦出口特區的成效不俗。於是，同年 8 月 13 日，國務院頒發《關於大力發展對外貿易增加外匯收入若干問題的規定》。</li><li>1980 年 5 月 16 日，中共中央、國務院批准《廣東、福建兩省會議紀要》，正式將出口特區定名為「經濟特區」。1988 年 4 月 13 日，第七屆全國人民代表大會第一次會議，通過建立海南省經濟特區的決議。</li><li>1984 年 4 月，中共中央和國務院決定進一步開放大連、秦皇島、天津、煙台、青島、連雲港、南通、上海、寧波、溫州、福州、廣州、湛江、北海這 14 個港口城市，並逐步興辦經濟技術開發區。</li></ul>	<ul><li>再度擴大地方和企業的外貿權限，並鼓勵增加國家的出口量，將出口特區經營得更好。</li><li>為日後國家擴大開放積累了相當豐富的經驗，推動中國改革開放的進程。</li><li>系統地提出經濟體制改革成果，並確認中國社會主義經濟是公有制基礎上的有計劃的商品經濟。</li></ul>

農村改革

- 自 1958 年起,中國開始建立人民公社,公社將農民一切的個人財產和生產成果全部劃歸公有,導致生產的指導權過於集中,大大降低了農民生產的積極性。

- 1978 年,安徽省鳳陽縣小崗村開始實行包產到戶,分成不同的生產小隊,平均分配土地和工具,展開自負盈虧的農業生產。小崗村創造了驚人的成績,推動中央在安徽、四川兩省試行包產到戶的農業生產責任制,最後取得了驕人成績。

- 1980 年 5 月 31 日,鄧小平發表《關於農村政策問題》的談話,對包產到戶給予肯定。1982 年元旦,中央一號文件批轉《全國農村工作會議紀要》,指出包產到戶、到組,包乾到戶、到組等,都是社會主義集體經濟的生產責任制。在全國範圍推行承包責任制,容許農民自行生產和自負盈虧。

- 中國的農業產量大大提升,中國農村經濟也發生了很大的變化。

企業改革	• 1956 年，中國的公有制經濟佔據了 90% 以上的工業總產值。在缺乏競爭、不負盈虧的環境下，企業沒有擴大生產的動機，結果導致中國與其他國家的差距越來越大。 • 1978 年 3 月，鄧小平在全國科學大會上提出，科學技術是生產力。1980 年，國務院要求從次年起把擴大企業自主權的工作在國營工業企業中全面推開。這些為後來的社會主義市場經濟理論奠定了基礎。這一時期，鄧小平更說：「改革開放膽子要大一些，敢於試驗，不能像小腳女人一樣。看準了的，就大膽地試，大膽地闖。」	• 打破了中國經濟公有制獨大的局面，允許發展私營經濟，同時放寬國營企業的經營自主權，與市場相互調節。
對外開放	• 1978 年 11 月，鄧小平到訪新加坡，與時任新加坡總理李光耀會面時，提出中國的改革開放要借鑒新加坡的經驗，不再保守自閉。 • 2001 年 11 月 11 日，在卡塔爾多哈舉行的世界貿易組織第四屆部長級會議，通過中國加入世貿組織的法律文件。	• 主張對外開放，引進外資，並改善中國的對外關係。 • 標誌中國的對外開放進入了一個新的階段。

4. 十個結合

改革開放以來，中國取得舉世矚目的成就，更積累了豐富的實踐經驗。後來，中共十七大把這寶貴經驗概括為「十個結合」：

- 把堅持馬克思主義基本原理同推進馬克思主義中國化結合起來；
- 把堅持四項基本原則同堅持改革開放結合起來；
- 把尊重人民首創精神同加強和改善黨的領導結合起來；
- 把堅持社會主義基本制度同發展市場經濟結合起來；
- 把推動經濟基礎變革同推動上層建築改革結合起來；
- 把發展社會生產力同提高全民族文明素質結合起來；
- 把提高效率同促進社會公平結合起來；
- 把堅持獨立自主同參與經濟全球化結合起來；
- 把促進改革發展同保持社會穩定結合起來；
- 把推進中國特色社會主義偉大事業同推進黨的建設新的偉大工程結合起來。

「十個結合」總結了改革開放以來的實踐和檢驗工作，是日後國家發展的寶貴經驗。國家發展的目的是讓人民過上更好的生活，並在全面建成小康社會的奮鬥基礎上，對中國日後的發展提出新的更高要求。

5. 總結：習近平論改革開放

2012 年 12 月 31 日，十八屆中共中央政治局就堅定不移推進改革開放進行第二次集體學習。習近平總書記強調，改革開放是一項長期的、艱巨的、繁重的事業，必須一代又一代人接力幹下去。國家必須堅持社會主義市場經濟的改革方向，並堅持對外開放的基本國策，以更大的政治勇氣

和智慧，不失時機深化重要領域改革，朝着黨的十八大指引的改革開放方向奮勇前進。習近平根據改革開放的成功經驗，提出以下五點意見：

一、改革開放是一場深刻革命，必須堅持正確方向，沿着正確道路推進。在方向問題上，我們頭腦必須十分清醒，不斷推動社會主義制度自我完善和發展，堅定不移走中國特色社會主義道路。

二、改革開放是前無古人的嶄新事業，必須堅持正確的方法論，在不斷實踐探索中推進。摸着石頭過河，是富有中國特色、符合中國國情的改革方法。摸着石頭過河就是摸規律，從實踐中獲得真知。摸着石頭過河和加強頂層設計是辯證統一的，推進局部的階段性改革開放要在加強頂層設計的前提下進行，加強頂層設計要在推進局部的階段性改革開放的基礎上來謀劃。要加強宏觀思考和頂層設計，更加注重改革的系統性、整體性、協同性，同時也要繼續鼓勵大膽試驗、大膽突破，不斷把改革開放引向深入。

三、改革開放是一個系統工程，必須堅持全面改革，在各項改革協同配合中推進。改革開放是一場深刻而全面的社會變革，每一項改革都會對其他改革產生重要影響，每一項改革又都需要其他改革協同配合。要更加注重各項改革的相互促進、良性互動，整體推進，重點突破，形成推進改革開放的強大合力。

四、穩定是改革發展的前提，必須堅持改革發展穩定的統一。只有社會穩定，改革發展才能不斷推進；只有改革發

展不斷推進，社會穩定才能具有堅實基礎。要堅持把改革的力度、發展的速度和社會可承受的程度統一起來，把改善人民生活作為正確處理改革發展穩定關係的結合點。

五、改革開放是億萬人民自己的事業，必須堅持尊重人民首創精神，堅持在黨的領導下推進。改革開放在認識和實踐上的每一次突破和發展，改革開放中每一個新生事物的產生和發展，改革開放每一個方面經驗的創造和積累，無不來自億萬人民的實踐和智慧。改革發展穩定任務越繁重，我們越要加強和改善黨的領導，越要保持黨同人民羣眾的血肉聯繫，善於通過提出和貫徹正確的路線方針政策帶領人民前進，善於從人民的實踐創造和發展要求中完善政策主張，使改革發展成果更多更公平惠及全體人民，不斷為深化改革開放夯實羣眾基礎。

習近平總書記認為，改革開放只有進行時沒有完成時。而且改革開放對於今天中國的成就有莫大的貢獻。他還強調要「堅持以鄧小平理論、『三個代表』重要思想、科學發展觀為指導，積極回應廣大人民羣眾對深化改革開放的強烈呼聲和殷切期待，凝聚社會共識，協調推進各領域各環節改革，努力把改革開放推向前進。」

三 | 習近平與「中國夢」

新中國成立後，漸漸由開始的「一窮二白」走向繁榮富強、走近世界舞台中央。70 多年來，中華民族創造了一個經濟發展的「逆襲」奇蹟。《中華人民共和國史稿》中有這樣一段經典描述：

1949 年 10 月 1 日，在北京天安門廣場隆重舉行中華人民共和國中央人民政府成立典禮，首都 30 萬人民群眾滿懷喜悅激動的心情參加開國盛典。毛澤東主席在天安門城樓上向全國和全世界宣告：中華人民共和國中央人民政府今天成立了！並親手啟動電鈕升起中華人民共和國國旗。從那一刻起，中國歷史翻開了嶄新的一頁。（《中華人民共和國史稿》，當代中國研究所，人民出版社、當代中國出版社。）

2012 年 11 月 29 日，中共中央總書記習近平帶同新一屆中央領導集體到國家博物館參觀《復興之路》展覽，正式提出「中國夢」的思想。事實上，這是十八大召開以來，習近平所提出的重要指導思想和重要執政理念。習近平把「中國夢」定義為「實現中華民族偉大復興」，而這正是「中華民族近代以來最偉大夢想」，並且強調這個夢想「一定能實現」。

「中國夢」的核心目標為「兩個一百年」。「兩個一百年」，分別是指「到 2021 年中國共產黨成立 100 週年和 2049 年中華人民共和國成立 100 週年時，逐步並最終順利實現中華民族的偉大復興」。「中國夢」的特色是把國家、民族和個人作為一個命運的共同體，把國家利益、民族利益和每個人的具體利益都緊緊地聯繫在一起，達至國家富強、民族振興、人民幸福。

延伸閱讀

習近平除了提出「中國夢」的願景，他更帶領全黨將這個計劃付諸行動。中國共產黨第十九次全國代表大會開幕會上，中共中央總書記習近平作了全面的報告，公佈未來五年及之後的發展計劃。

(一)「中國夢」的概念

2012 年 11 月 29 日,習近平在參觀《復興之路》展覽時,正式闡釋了**「中國夢」的概念**:

每個人都有理想和追求,都有自己的夢想。現在,大家都在討論中國夢,我以為,實現中華民族偉大復興,就是中華民族近代以來最偉大的夢想。這個夢想,凝聚了幾代中國人的夙願,體現了中華民族和中國人民的整體利益,是每一個中華兒女的共同期盼。歷史告訴我們,每個人的前途命運都與國家和民族的前途命運緊密相連。國家好、民族好,大家才會好。

《復興之路》展覽局部。

在同一次講話中,習近平更立下**堅定的目標**:

我堅信,到中國共產黨成立一百年時全面建成小康社會的

目標一定能實現，到新中國成立一百年時建成富強民主文明和諧的社會主義現代化國家的目標一定能實現，中華民族偉大復興的夢想一定能實現。

「中國夢」是中華民族百多年來的夙願。 2013 年 3 月，當選國家主席後的習近平在接受金磚國家媒體聯合採訪時指出：

實現中華民族偉大復興的中國夢，是近代以來中華民族的夙願。一八四〇年鴉片戰爭以後，中華民族蒙受了百年的外族入侵和內部戰爭，中國人民遭遇了極大的災難和痛苦，真正是苦難深重、命運多舛。中國人民發自內心地擁護實現中國夢，因為中國夢首先是十三億中國人民的共同夢想。

「中國夢」是一個總結性的夢想，它由方方面面的小夢想組成，例如強國夢、強軍夢、體育強國夢、中國航天夢等。「中國夢」的特色就是把國家、民族和個人作為一個命運的共同體，並將國家利益、民族利益和每個人的具體利益都緊緊地聯繫在一起。故此，包括香港、澳門同胞在內的中華民族的每一員，都與「中國夢」有着不可分割的關係。習近平在十二屆全國人大一次會議閉幕會上，指出其實踐原則，**「實現中國夢必須走中國道路，必須弘揚中國精神，必須凝聚中國力量」**，中國走的是中國自己的路，不是別人為我們架設的道路。對港澳同胞而言，就是應當在「一國兩制」的框架下，融入國家發展的大局，抓住大灣區建設的機遇，掀開港澳特區發展新一頁。

(二)「中國夢」的實踐與路線

1.「夢」的實踐

習近平強調:「中國夢歸根到底是人民的夢,必須緊緊依靠人民來實現,必須不斷為人民造福。」他認為,政府作為國家的領導,要實現「中國夢」,就一定要做到以下三點:

實踐理念	習近平的話
增強學習意識,提高素質能力。	學習影響着一個國家的發展走向,決定着一個政黨的榮辱興衰。毛澤東同志曾説:「飯可以一日不吃,覺可以一日不睡,書不可以一日不讀。」鄧小平同志也曾説過「學習是前進的基礎」。面對科技進步日新月異、知識更新不斷加快、國際形勢不斷變化,新情況新問題層出不窮,在這樣的情況下,只有不斷加強學習才能跟上時代的步伐,才能在這個時代立足。廣大黨員幹部應自覺把學習作為一種生活態度、一種工作責任、一種精神追求,加強對理論知識、文化知識、專業知識的學習,樹立終身學習的理念;要積極向書本學習、向實踐學習、向羣眾學習,不斷提高綜合素質,增強創新能力。
堅定理想信念,強化為民服務意識。	全心全意為人民服務是中國共產黨的根本宗旨,是共產黨員一切行動的出發點和歸宿。廣大黨員幹部要牢固樹立全心全意為人民服務的宗旨觀念、公僕意識,強化羣眾觀念,始終把實現好、維護好、發展好人民羣眾的根本利益作為思考問題和開展工作的根本出發點和落腳點,真正做到「權為民所用、情為民所繫、利為民所謀」。堅持以黨的十八大精神為引領,深入貫徹落實中央關於改進工作作風、密切聯繫羣眾的「八項規定」,以黨的羣眾路線教育實踐活動為中心,堅持問政於民、問需於民、問計於民、問效於民,踐行全心全意為人民服務宗旨,密切黨羣幹羣關係。

樹立實幹精神，發揮先鋒模範作用。	空談誤國，實幹興邦。廣大黨員幹部要帶頭貫徹落實中央八項規定，以求真務實的作風開展工作，堅持講真話，講實話，講有用的話，不講空話、套話、假話；要腳踏實地，多接地氣，以紮實的工作作風、真切的有效成績來團結幹部、凝聚黨心，不斷築牢黨羣幹羣關係，深化魚水深情。同時，要充分發揮黨員先鋒模範作用，用自己的工作熱情來影響帶動更多的人，形成上下一心，團結奮進的局面，充分踐行「走在前、幹在前、爭首善、當先鋒」的先鋒示範精神，爭做先鋒表率。夢想源於現實，又高於現實，中國夢的實現，任重而道遠。「有夢就有藍天，相信就能看見。」廣大黨員幹部要以飽滿的精神狀態、奮發有為的進取精神、腳踏實地的工作作風，開拓創新，努力作為，為實現偉大的「中國夢」而努力奮鬥。

延伸閱讀

習近平主席一直致力打擊貪污，建設一個高效率的廉潔政府。 2018 年 3 月，全國人大通過了設立國家監察委員會的草案，旨在將反腐監察對象從中共黨員擴大至全體公職人員，從國企非黨員管理人員到鄉村教師均包括在內。

2. 追「夢」路線

追「夢」路線	習近平的話
（1）凝聚全國人民、以人民為中心的路：「中國夢」凝聚了全國各族人民團結奮鬥的力量，也是全國人民冀盼着的夢。中國特色社會主義道路，與中華民族偉大復興道路是殊途同歸的。「中國夢」是人民的夢，必須依靠人民來實現，必須不斷為人民造福。	中國夢歸根到底是人民的夢，必須緊緊依靠人民來實現，必須不斷為人民造福。 ——《在第十二屆全國人民代表大會第一次會議上的講話》（2013 年 3 月 17 日） 我們要隨時隨刻傾聽人民呼聲、回應人民期待，保證人民平等參與、平等發展權利，維護社會公平正義，在學有所教、勞有所得、病有所醫、老有所養、住有所居上持續取得新進展，

不斷實現好、維護好、發展好最廣大人民根本利益，使發展成果更多更公平惠及全體人民，在經濟社會不斷發展的基礎上，朝着共同富裕方向穩步前進。

——《在第十二屆全國人民代表大會第一次會議上的講話》(2013 年 3 月 17 日)

中國夢是國家的、民族的，也是每一個中國人的。

——《在同各界優秀青年代表座談時的講話》(2013 年 5 月 4 日)

青年朋友們，我堅信，在黨的領導下，只要全國各族人民緊密團結，腳踏實地、開拓進取，到本世紀中葉，我們必將建成富強民主文明和諧的社會主義現代化國家，我國廣大青年必將同全國各族人民一道共同見證、共同享有中國夢的實現！

——《在同各界優秀青年代表座談時的講話》(2013 年 5 月 4 日)

(2) 總結歷史，探索前行的路：實現中華民族偉大復興的「中國夢」，其關鍵在於選擇正確的發展道路。習近平曾強調：「改革開放以來，我們總結歷史經驗，不斷艱辛探索，終於找到了實現中華民族偉大復興的正確道路，取得了舉世矚目的成果。」

中國特色社會主義，承載着幾代中國共產黨人的理想和探索，寄託着無數仁人志士的意願和期盼，凝聚着千千萬萬革命先烈的奮鬥和犧牲，凝聚着全國各族人民的奮鬥和實踐，是近代以來中國社會發展的必然選擇，是歷史和人民的選擇。中國特色社會主義偉大實踐，不僅使我們國家快速發展起來，使我國人民生活水平快速提高起來，使中華民族大踏步趕上時代前進潮流、迎來偉大復興的光明前景，而且使中國人民和中華民族為世界和

平與發展作出了重大貢獻。事實雄辯地證明，要發展中國、穩定中國，要全面建成小康社會、加快推進社會主義現代化，要實現中華民族偉大復興，必須堅定不移堅持和發展中國特色社會主義。

——《全面貫徹落實黨的十八大精神要突出抓好六個方面工作》(2012 年 11 月 15 日)

黨和國家的長期實踐充分證明，只有社會主義才能救中國，只有中國特色社會主義才能發展中國。只有高舉中國特色社會主義偉大旗幟，我們才能團結帶領全黨全國各族人民，在中國共產黨成立一百年時全面建成小康社會，在新中國成立一百年時建成富強民主文明和諧的社會主義現代化國家，贏得中國人民和中華民族更加幸福美好的未來。

——《緊緊圍繞堅持和發展中國特色社會主義學習宣傳貫徹黨的十八大精神》(2012 年 11 月 17 日)

中華民族的今天，正可謂「人間正道是滄桑」。改革開放以來，我們總結歷史經驗，不斷艱辛探索，終於找到了實現中華民族偉大復興的正確道路，取得了舉世矚目的成果。這條道路就是中國特色社會主義。

——在參觀《復興之路》展覽時的講話(2012 年 11 月 29 日)

回首過去，全黨同志必須牢記，落後就要挨打，發展才能自強。審視現在，全黨同志必須牢記，道路決定命運，

找到一條正確的道路多麼不容易，我們必須堅定不移走下去。展望未來，全黨同志必須牢記，要把藍圖變為現實，還有很長的路要走，需要我們付出長期艱苦的努力。

—— 在參觀《復興之路》展覽時的講話（2012年11月29日）

中國特色社會主義，是黨和人民九十多年奮鬥、創造、積累的根本成就，是改革開放三十多年實踐的根本總結，凝結着實現中華民族偉大復興這個近代以來中華民族最根本的夢想，也體現着近代以來人類對社會主義的美好憧憬和不懈探索。

——《在新進中央委員會的委員、候補委員學習貫徹黨的十八大精神研討班上的講話》（2013年1月5日）

(3) 強國富民之路：「中國夢」凝聚着人民對美好生活的期盼，對民族復興的寄望。全國必須同心協力地，把國家全面建成小康社會。政府和人民都要實事求是，真抓實幹，才能邁向民族復興的偉大夢想。

改革開放是我們黨的歷史上一次偉大覺醒，正是這個偉大覺醒孕育了新時期從理論到實踐的偉大創造。中國發展的實踐證明，當年鄧小平同志指導我們黨作出改革開放的決策是英明的、正確的，鄧小平同志不愧為中國改革開放的總設計師，不愧為中國特色社會主義道路的開創者。今後，我們要堅持走這條正確道路，這是強國之路、富民之路。我們不僅要堅定不移走下去，而且要有新舉措、上新水平。

——《在廣東考察工作時的講話》（2012年12月7日至11日）

中國特色社會主義事業是造福人民的美好事業，也是需要我們為之付出智

慧和力量的艱辛事業。現在，全面建成小康社會的號角已經吹響，關鍵是要樹立起攻堅克難的堅定信心，凝聚起推進事業的強大力量，緊緊依靠全國各族人民，推動黨和國家事業不斷從勝利走向新的勝利。

——《在全國政協新年茶話會上的講話》（2013年1月1日）

全面建成小康社會，推進社會主義現代化，實現中華民族偉大復興，是光榮而偉大的事業，是光明和燦爛的前景。一切有志於這項偉大事業的人們都可以大有作為。在億萬中國人民前行的偉大征程上，廣大留學人員創新正當其時、圓夢適得其勢。廣大留學人員要把愛國之情、強國之志、報國之行統一起來，把自己的夢想融入人民實現中國夢的壯闊奮鬥之中，把自己的名字寫在中華民族偉大復興的光輝史冊之上。

——《在歐美同學會成立一百週年慶祝大會上的講話》（2013年10月21日）

（4）強軍之路：除了內部發展，「強軍」也是「中國夢」的一部分。習近平指出「中國夢」是強國夢也是強軍夢的理念。近代中國所面臨的災難，正是西方列強在軍事上比中國強大而導致。當前，中國人民解放軍已發展成具有一定現代化水平的強大軍隊，而這正是保家衛國的最強大武器。

我們要實現中華民族偉大復興，必須堅持富國和強軍相統一，努力建設鞏固國防和強大軍隊。一是要牢記，堅決聽黨指揮是強軍之魂，必須毫不動搖堅持黨對軍隊的絕對領導，任何時候任何情況下都堅決聽黨的話、跟黨走。二是要牢記，能打仗、打勝仗是強軍之要，必須按照打仗的標準搞建設抓準備，確保我軍始終能夠召之即來、來之能戰、戰之必勝。三是要牢記，依法治軍、從嚴治軍是強軍之基，

必須保持嚴明的作風和鐵的紀律，確
保部隊高度集中統一和安全穩定。

   ——2012 年 12 月 8 日和 10 日，在廣州軍區
      考察的講話

當前和今後一個時期，部隊思想政治
建設的一項重大任務，就是要教育引
導廣大官兵牢記強軍目標，努力把個
人理想抱負融入強軍夢，強化使命擔
當，矢志紮根軍營、建功軍營。

   ——在視察海軍駐三亞部隊時的講話（2013 年
      4 月 9 日）

全軍要認真貫徹黨中央和中央軍委
決策部署，以黨在新形勢下的強軍目
標為引領，貫徹新形勢下軍事戰略方
針，深入推進政治建軍、改革強軍、
依法治軍，堅定信心，狠抓落實，開
創強軍興軍新局面。

   ——2016 年 1 月 5 日，到中國人民解放軍第
      13 集團軍視察時講話

（5）弘揚中國精神之路：中共十八大報告提出：「加強社會公德、職業道德、家庭美德、個人品德教育，弘揚中華傳統美德，弘揚時代新風。」習近平明確表示，實現中國夢必須弘揚中國精神。這就是以愛國主義為核心的民族精神，以改革創新為核心的時代精神。這種精神是凝心聚力的興國之魂、強國之魂。

中華民族有着五千多年的文明史，創造和傳承下來豐富的優秀文化傳統。一方面，隨着實踐發展和社會進步，我們要創造更為先進的文化。另一方面，在歷史進程中凝聚下來的優秀文化傳統，決不會隨着時間推移而變成落後的東西。我們決不可拋棄中華民族的優秀文化傳統，恰恰相反，我們要很好傳承和弘揚，因為這是我們民族的「根」和「魂」，丟了這個「根」和「魂」，就沒有根基了。
——《在廣東考察工作時的講話》（2012 年 12 月 7 日至 11 日）

中國傳統文化博大精深，學習和掌握其中的各種思想精華，對樹立正確的世界觀、人生觀、價值觀很有益處。古人所說的「先天下之憂而憂，後天下之樂而樂」的政治抱負，「位卑未敢忘憂國」、「苟利國家生死以，豈因禍福避趨之」的報國情懷，「富貴不能淫，貧賤不能移，威武不能屈」的浩然正氣，「人生自古誰無死，留取丹心照汗青」、「鞠躬盡瘁，死而後已」的獻身精神等，都體現了中華民族的優秀傳統文化和民族精神，我們都應該繼承和發揚。
——《在中央黨校建校八十週年慶祝大會暨二〇一三年春季學期開學典禮上的講話》（2013 年 3 月 1 日）

中華民族具有五千多年連綿不斷的文明歷史，創造了博大精深的中華文化，為人類文明進步作出了不可磨滅的貢獻。經過幾千年的滄桑歲月，把我國五十六個民族、十三億多人緊緊

凝聚在一起的，是我們共同經歷的非凡奮鬥，是我們共同創造的美好家園，是我們共同培育的民族精神，而貫穿其中的、更重要的是我們共同堅守的理想信念。

——《在第十二屆全國人民代表大會第一次會議上的講話》(2013 年 3 月 17 日)

實現中國夢必須弘揚中國精神。這就是以愛國主義為核心的民族精神，以改革創新為核心的時代精神。這種精神是凝心聚力的興國之魂、強國之魂。愛國主義始終是把中華民族堅強團結在一起的精神力量，改革創新始終是鞭策我們在改革開放中與時俱進的精神力量。全國各族人民一定要弘揚偉大的民族精神和時代精神，不斷增強團結一心的精神紐帶、自強不息的精神動力，永遠朝氣蓬勃邁向未來。

——《在第十二屆全國人民代表大會第一次會議上的講話》(2013 年 3 月 17 日)

中國特色社會主義是物質文明和精神文明全面發展的社會主義。一個沒有精神力量的民族難以自立自強，一項沒有文化支撐的事業難以持續長久。

——《在同各界優秀青年代表座談時的講話》(2013 年 5 月 4 日)

實現中國夢，必須弘揚中國精神。用以愛國主義為核心的民族精神和以改革創新為核心的時代精神振奮起全民族的「精氣神」。

——在接受拉美三國媒體聯合採訪時的答問(2013 年 5 月)

作為中華民族的兒女，我們該編織着踐行着屬於我們的中國夢。不同出生背景、不同成長經歷、不同觀察角度、不同意識形態、不同政治傾向的人，對於一個全面真實的中國共產黨集中體現在哪些方面，會有不同答案。在我看來，一個全面真實的中國共產黨，集中體現在她的「負責任」上。

結語

中國革命勝利前夕，當時的美國政府曾發表《美國與中國的關係》白皮書。時任美國國務卿艾奇遜為此寫了一封信給美國總統杜魯門。據《人民網》轉述其內容，艾奇遜大講了一通中國發生革命是由於人口太多、吃飯成為不堪負擔的壓力而引發，斷言「一直到現在沒有一個政府使這個問題得到了解決」，並預言新中國也必然因此而歸於失敗。國內有的資產階級人士雖然不得不承認中國共產黨在政治上、軍事上是優秀的，但卻説中國共產黨在經濟上是「零分」，無法解決中國經濟這個大難題。[1]的確，剛成立的新中國在經濟上是「零分」的，因為其時正是抗戰之後、國共內戰之後，莫説改善生活，光是解決戰後遺留的問題也需要一定時間。用《人民網》的説法：「舊中國一窮二白、積貧積弱、民生凋敝，還有那滿目瘡痍的戰爭創傷，加之受到美國等西方資本主義國家在外交、經濟、軍事上的嚴密封鎖，而且當時中國共產黨又缺乏領導大規模經濟建設的實踐經驗」。在這艱難的日子裏，國人胼手胝足，奮發前行。

1　http://theory.people.com.cn/BIG5/n1/2019/0927/c40531-31376875.html。

翻開厚重的歷史書，我們沒有看到哪一個皇朝立國時不是「一窮二白」、艱難重重。漢高祖劉邦以一介農民身份，推翻強秦，建立西漢政權。其時，戰國亂世，不過只是 20 年前的事，國家還沒有從大分裂之中復原過來。漢初人口，與秦代相比大為減少，大城市人口只剩下十分之二三，出現了「自天子不能具鈞駟，而將相或乘牛車，齊民無藏蓋」（《史記・平準書》）的局面。面對這個局面，休養生息才是最佳的策略。於是，劉邦及其嗣位者都奉行「黃老無為之治」。經歷 60 多年的韜光養晦，西漢經濟由谷底反彈，積儲了大量財富，「京師之錢累巨萬，貫朽而不可校」。

歷史總是驚人的相似。西漢用了 60 多年時間，從谷底反彈，而新中國也不遑多讓，也用了差不多的時間，就從「一窮二白」走了出來。根據《改革開放 40 年中國經濟發展成就及其對世界的影響》的統計，「1978 年改革開放伊始，中國的經濟規模僅有 3679 億元人民幣」，而到了 2017 年「中國國內生產總值（名義）已經高達 82.71 萬億元人民幣（相當於 12.2 萬億美元），已經成為世界第二大經濟體，中國經濟總量佔世界經濟的比重由 1978 年的 1.8% 上升到 2017 年的 16%，僅次於美國」。這不是「中國式經濟奇蹟」嗎？

貧窮並不痛苦，痛苦只因為你相信你終會貧窮。我國堅定、自信，始終努力脫貧。習近平主席在慶祝改革開放 40 週年大會上的講話中化用了北宋大儒張載的一句名言「富貴福澤，將厚吾之生也；貧賤憂戚，庸玉汝於成也」，指出「艱難困苦，玉汝於成，40 年來，我們解放思想、實事求是，大膽地試、勇敢地改，幹出了一片新天地」。正如習主席所說，要成就大器，就必須經過艱難困苦的磨煉，而艱難困

苦的外部條件往往可以像打磨玉石一樣磨礪人的意志，使之終有所成。

「中華民族具有五千多年連綿不斷的文明歷史，創造了博大精深的中華文化，為人類文明進步作出了不可磨滅的貢獻。」（習近平：《在第十二屆全國人民代表大會第一次會議上的講話》，2013 年 3 月 17 日）從老祖宗的話語中，我們總能找到一些智慧性的啟發。《論語·雍也》謂：「夫仁者，己欲立而立人，己欲達而達人。」我國花了 70 年時間，找到了一條中國式成功之道，箇中艱難，難以言說。但是，我們並沒有打算把這寶貴的經驗收藏起來，因為中國人自來就講推己及人，講博施濟眾，所以我們願意通過像「一帶一路」等合作模式，把成功經驗分享給世界各國。「中國夢」，是我們中華民族偉大復興的夢。孟子：「充實而有光輝之謂大」，這「偉大」不單是指中國國力強大，更是一種無私分享、願與諸邦共享富裕的「偉大」，是一種自帶光輝的「大國氣度」。

我國提出「中國夢」，是有其歷史底蘊的。三千年來，中華民族的偉大復興是以一種和平崛起的方式進行着。有一些國家不明所以，硬以自國狹隘思想忖而度之，捏造所謂「中國威脅論」。究其原因，是因為他們的民族從來沒有站在過這個歷史高度之上。

「以力服人者霸，以德服人者王」，面對複雜的世界形勢，我國還是要堅持中國的道路，追逐中國的夢想，以實踐證明「王道」之可行於世。「德不孤，必有鄰」，始終有天，人們會認同，中華民族自有其昌盛繁榮之路！

內容提要 | **1** 西方列強入侵中國，簽下了一個又一個的不平等條約，讓中華民族一直處於水深火熱之中。

2 國共內戰後，共產黨正式執掌中國，一直帶領人民走向繁榮富強。

3 鄧小平所提出的改革開放，正式打開了中國的大門，讓中國慢慢走向富強。

4 習近平主席所提出的「中國夢」，為中華民族的復興帶來了具體的方向和希望。

關鍵概念 |

鴉片戰爭　英法聯軍　甲午戰爭　辛亥革命　國共內戰
改革開放　中國特色社會主義　中國夢

深度閱讀 |

主題	書名	頁碼
實現中華民族偉大復興的中國夢	《中國夢 復興夢 ——習近平當選中共中央總書記全球評論與報導選輯》	代序 1-3 70-73 987-989 代後記 1-6
	《中國夢與美國夢 ——習近平當選國家主席暨首次習奧會全球評論與報導選輯》	代序 1-9 3-215 代後記 1-4
	《新時代 新思想 ——習近平再次當選中共中央總書記、國家主席全球評論與報導選輯》	1318-1321

延伸問題

是非題

1. 清朝統治的晚期，傳統封建帝制搖搖欲墜，中國近代史正緩緩張開序幕。　　　　　　　　　　　　　　　是 / 非

2. 國共內戰結束後，在中國共產黨的帶領下，建立了中華人民共和國。　　　　　　　　　　　　　　　　　是 / 非

3. 「中國夢」的特色就是把國家、民族和個人作為一個命運的共同體，並將國家利益、民族利益和每個人的具體利益都緊緊地聯繫在一起。　　　　　　　　是 / 非

填充題

4. 國共內戰後，_____正式執掌中國，帶領人民走向繁榮富強。

5. 鄧小平所提出的_____，正式打開了中國的大門，讓中國慢慢走向富強。

問答題

6. 請簡述「中國夢」的內涵與特色。

_____

_____

_____

7. 習近平主席認為改革開放是一項怎樣的偉大事業？

（答案見附錄）

全面深化改革，促進「五位一體」全面發展

新的征程上，我們必須堅持黨的基本理論、基本路線、基本方略，統籌推進「五位一體」總體佈局、協調推進「四個全面」戰略佈局，全面深化改革開放，立足新發展階段，完整、準確、全面貫徹新發展理念，構建新發展格局，推動高質量發展，推進科技自立自強，保證人民當家作主，堅持依法治國，堅持社會主義核心價值體系，堅持在發展中保障和改善民生，堅持人與自然和諧共生，協同推進人民富裕、國家強盛、中國美麗。

—— 習近平在慶祝中國共產黨成立 100 週年大會上的講話，2021 年 7 月 1 日

章節要點	• 認識深化改革的背景
	• 了解十八大、十九大的戰略方針
	• 認識及了解「四個全面」的戰略內涵和「五位一體」的總體佈局

一 ｜ 導言

2013 年 3 月 19 日，國家主席習近平接受金磚國家媒體聯合採訪，其中一個記者好奇地問：「您是如何治理像中國這麼大的國家？」習近平引用《老子》名句回應道：「治大國若烹小鮮。」

「鮮」，按許慎《說文解字》的解釋是「魚名」，「小鮮」即是小魚。小魚肉質鬆散，烹調的時候很容易就散了，而且也容易煮糊，所以烹調時要格外留神，少攪動，慢烹細調，才能煮好。用《老子》的說法，治理一個國家，就像烹調「小鮮」，並不容易，所以要小心翼翼，不能急躁，要慢慢治、細細理。習近平和其他國家領導人正治理着一個 14 億人口的大國，自然對「治大國若烹小鮮」一語有着深刻的體會。

我國地大物博，國土面積大，人口數量多，新中國成立時，人口已達 5.4 億。時至今日，我國人口已逾 14 億，要管理一個這麼大的國家，並不容易。**從 1949 年至今日，國家由一窮二白，到成為世界第二大經濟體，中間經歷了無數次的「破」與「立」—— 因應現況，破舊立新，創製新的制度；而隨着社會發展，前面的制度又有不足之處，於是又再「破」再「立」，再次實施改革。**

1978 年中共十一屆三中全會，提出了「對內改革、對外開放」、「解放思想、實事求是」的指導思想，成功地回答和解決了「什麼是社會主義、怎樣建設社會主義」的基本問題，帶動我國走上改革之路。2017 年，習近平總結經驗，制定了新時代統籌推進「五位一體」總體佈局的戰略目標和戰略部署。**習近平提出的戰略佈局，不但貫徹落實十八大的發展方向，更深刻總結了 30 多年來中國改革開放中取得的歷史經驗和成就。設計一系列的方針策略，應對中國所面對的全新挑戰，在堅持中國特色社會主義道路的原則下，建立一個穩定且長遠的國家治理體系，為實現中華民族偉大復興而奮鬥。**

二　深化改革的背景

2012 年 11 月 8 日，十八大會議報告指出：「建設中國特色社會主義，總依據是社會主義初級階段，總佈局是五位一體，總任務是實現社會主義現代化和中華民族偉大復興，必須更加自覺地把全面協調可持續作為深入貫徹落實科學發展觀的基本要求，全面落實經濟建設、政治建設、文化建設、社會建設、生態文明建設五位一體總體佈局，促進現代化建設各方面相協調，促進生產關係與生產力、上層建築與經濟基礎相協調，不斷開拓生產發展、生活富裕、生態良好的文明發展道路。」

2014 年 11 月，習近平在福建考察調研時，提出了「協調推進全面建成小康社會、全面深化改革、全面推進依法治國進程」的「三個全面」。其後，在 2014 年 12 月於江蘇調研時，將「三個全面」提升至「四個全面」，要**「協調推進全面**

建成小康社會、全面深化改革、全面推進依法治國、全面
從嚴治黨，推動改革開放和社會主義現代化建設邁上新台
階」，新增了「全面從嚴治黨」。

2017 年 10 月，習近平在十九大報告中總結了十八大以來
協調推進「四個全面」、統籌推進「五位一體」的經驗。
2020 年 10 月舉行的十九屆五中全會強調：「統籌推進經濟
建設、政治建設、文化建設、社會建設、生態文明建設的
總體佈局，協調推進全面建設社會主義現代化國家、全面
深化改革、全面依法治國、全面從嚴治黨的戰略佈局。全
黨全國各族人民要再接再厲、一鼓作氣，確保如期打贏脫
貧攻堅戰，確保如期全面建成小康社會、實現第一個百年
奮鬥目標，為開啟全面建設社會主義現代化國家新征程奠
定堅實基礎」。

習近平提出了「四個全面」戰略佈局的內涵，把原來其中一
個「全面」——「全面建成小康社會」提升為「全面建設社
會主義現代化國家」。而「五位一體」總體佈局是一個有機
整體；其中，**經濟建設是根本，政治建設是保證，文化建
設是靈魂，社會建設是條件，生態文明是基礎。**

「五位一體」和「四個全面」相互促進、聯動，協同建設社
會主義市場經濟、民主政治、先進文化、生態文明、和諧
社會，協同推進人民富裕、國家強盛、中國美麗。這既體
現了國家治理現代化的要求，也為實現「兩個一百年」戰略
目標提供了保證。

下面，我們將具體闡述「五位一體」和「四個全面」的概念。

習近平主席在博鰲亞洲論壇年會指出中國的綠色發展和可持續發展高度契合。他強調，綠色發展和可持續發展是當今世界的時代潮流。他建議亞洲各國要堅持凝聚共識，加強團結合作，在實踐中走出一條綠色發展和可持續發展之路，以造福亞洲、造福世界。

三 ｜「五位一體」

> 五位一體：經濟建設、政治建設、文化建設、社會建設和生態文明建設五位一體，全面推進。

2017 年 10 月 18 日至 10 月 24 日召開的十九大，從經濟、政治、文化、社會、生態文明五個方面，制定了新時代的「五位一體」總體佈局戰略目標，推進中國特色社會主義事業的發展，實現以人為本、全面協調可持續的科學發展。以下是各項建設的具體方向：

經濟建設：加快完善社會主義市場經濟體制，轉變經濟發展方式，促進工業化、信息化、城鎮化和農業現代化的同步發展。

政治建設：堅持走中國特色社會主義政治發展道路，堅持黨的領導、人民當家作主、依法治國有機統一，加快建設社會主義法治國家，建立健全權力運行約束和監督體系。

文化建設：加強社會主義核心價值體系建設，全面提高公民道德素質，豐富人民精神文化生活，增強文化整體實力和競爭力，建設社會主義文化強國。

社會建設：以保障和改善民生為重點，多謀民生之利，多解民生之憂，加快健全基本公共服務體系，加強和創新社會管理，推動和諧社會建設。

生態文明：加大自然生態系統和環境保護力度，加強生態文明制度建設，努力實現綠色發展，努力建設美麗中國。

各地大力實施「碧水藍天」工程，整治河道，使生態與人居環境不斷改善。

「五位一體」的靈魂是習近平提出的新時代中國特色社會主義思想，是推進中國特色社會主義發展的指南。習近平通

過分析十八大以來國家的形勢和發展，結合理論和實踐，規劃新時代中國發展方向和定義中國特色社會主義。習近平具體地訂立了中國特色社會主義的總目標、總任務、總體佈局、戰略佈局和發展方向、發展方式、發展動力、戰略步驟、外部條件、政治保證等基本問題，提出「五位一體」總體佈局各項部署。

事實上，早在 2012 年十八大時，習近平已提出了初步想法：「建設中國特色社會主義，總依據是社會主義初級階段，總體佈局是五位一體，總任務是實現社會主義現代化和中華民族偉大復興。」確立了「五位一體」的總體佈局，並明確其任務目標。

十八大以來，中國一直堅持中國特色社會主義，逐步發展出「五位一體」的戰略部署、「四個全面」的戰略佈局。故此，十九大關於「五位一體」總體佈局的各項部署，皆是經驗的總結，也是具體的方針。這佈局引領國家和人民奮鬥，推進經濟建設、政治建設、文化建設、社會建設、生態建設，形成經濟富裕、政治民主、文化繁榮、社會公平、生態良好的發展格局，把中國建設成為富強民主文明和諧的社會主義現代化國家。

(一)「五位一體」的理念和發展路向

關於「五位一體」的理念和發展路向，可以參考國家行政學院經濟學教研部編寫的《中國經濟新方位》[1]：

1　內容引自《中國經濟新方位》第一章「新方位 —— 中華民族偉大復興的新起點」第二節。

1. 適應新形勢新任務新要求，把握「五位一體」總體佈局

「五位一體」總體佈局雖涉及不同領域，有各自特殊的內容和規律，但它們之間是有機統一、不可分割、相輔相成、相互促進的辯証統一關係。經濟建設是建設中國特色社會主義政治、文化和社會、生態文明的前提和基礎，其核心是激發羣眾的創造性、發展生產力，為現代化建設奠定堅實的物質生活基礎；政治建設就是繼續推進並深化政治體制改革，發展社會主義民主政治，建設法治國家，給每個人的發展創造平等的地位、均等的機會；文化建設就是用先進的價值觀武裝國民，提供強有力的精神動力和智力支持，營造豐富多彩的新生活；社會建設就是不斷創新社會管理新模式；生態建設就是提供幸福、健康、宜人的生活環境。

「五位一體」是相互聯繫、相互促進、相輔相成的統一整體。這一戰略佈局，是科學發展的總體佈局，有原則要求，有政策安排，有舉措方法，更加清晰地指明了中國綠色發展、綠色跨越的道路，為中國實現又好又快發展，贏得更加美好的未來，提供了重要指導。

建設	解讀
經濟建設	• 發展必須是科學發展，經濟增長必須是實實在在和沒有水分的增長。 • 以提高發展質量和效益為中心，以供給側結構性改革為主線，加快形成引領經濟發展新常態的體制機制和發展方式。 • 推動科技與經濟深度融合，促進新型工業化、信息化、城鎮化、農業現代化同步發展，形成區域協調發展新格局，發展更高層次的開放型經濟。
政治建設	• 堅持黨的領導、人民當家作主、依法治國有機統一，以保證人民當家作主為根本。 • 以增強黨和國家活力、調動人民積極性為目標，以加強黨的領導為根本保証，把制度建設擺在突出位置。 • 加快建設社會主義法治國家，推進國家治理能力和治理體系現代化。
文化建設	• 堅持把社會效益放在首位，社會效益和經濟效益相統一。 • 以社會主義核心價值觀為引領，加強思想道德建設和社會誠信建設，豐富文化產品和服務。 • 發揮文化引領風尚、教育人民、服務社會、推動發展的作用。
社會建設	• 解決好人民羣眾最關心最直接最現實的利益問題，在學有所教、勞有所得、病有所醫、老有所養、住有所居上持續取得新進展。 • 圍繞構建中國特色的社會管理體系，加快形成黨委領導、政府負責、社會協同、法治保障的社會管理體制，提高公共服務共建能力和共享水平。 • 正確處理人民內部矛盾，建立健全黨和政府主導的維護羣眾權益機制。
生態建設	• 要加快建設資源節約型、環境友好型社會，形成人與自然和諧發展的現代化建設新格局。 • 加快綠色發展，推進美麗中國建設，為全球生態安全和人類可持續發展作出新貢獻。

97

中國自主研發高科技芯片。

2. 重點佈局生態文明，打造綠色發展新抓手

十八大特別將「生態文明建設」納入「五位一體」中國特色社會主義總體佈局，要求「把生態文明建設放在突出地位，融入經濟建設、政治建設、文化建設、社會建設各方面和全過程」。把生態文明建設納入執政黨的總體佈局戰略，這是生態文明建設的重大歷史性進步，説明了我們深刻把握生態文明建設對「五位一體」總體佈局的特殊意義和作用機制。

第一，低碳循環經濟的發展。低碳循環經濟將顛覆以往的生產方式，其關鍵在於推動能源技術進步，建立起清潔低碳、安全高效的現代能源體系。

第二，高科技支撐的發展。高科技支撐發展主要表現在：首先，科技革命大突破，以納米、生物工程等為代表的新信息技術催生促進經濟社會大轉型的革命性變化。其次，產業革命突飛猛進，表現為產業設計、「雲物大智」[2] 開啟創

2　指雲計算、物聯網、大數據、人工智能。

新信息技術新時代。再次，產業形態突變暴發，創新產業集羣成為產業集羣與轉型升級新模式。最後，區域經濟新狀態，重點在區域創新與區域設計。

第三，主體功能區的建設。主體功能區的重點內容包括區域市場的形成和發展、與主體功能相適應的區域產業選擇、區域產業結構調整、區域性能源、交通通信等基礎設施建設、區域內公共服務的供給等。目前主體功能區可以劃分為優化開發區、重點開發區、限制開發區和禁止開發區。

第四，生態安全屏障建設。在經濟生活中需要大力落實生態文明理念，重點放在轉變經濟發展方式和發展循環經濟，同時需要建立起完善、統一的生態文明制度體系。生態安全屏障建設範圍覆蓋地區主要是生態重點地區和生態脆弱地區，建設內容包括森林、濕地、荒漠、城市等主要生態系統，這是國家生態安全體系的基本框架。

3. 統籌「五位一體」總體佈局，推動經濟社會雙轉型

「五位一體」總體佈局相互滲透、互相促進，具有內在一致性，按照「五位一體」總體佈局，圍繞引領經濟新常態、貫徹新發展理念，適度擴大總需求，推進供給側結構性改革，促進經濟社會全面協調可持續發展，對實現「兩個一百年」奮鬥目標和中華民族偉大復興的中國夢具有重要意義。開拓發展新思路、新境界，必須統籌推進「五位一體」總體佈局，推進全面建成小康社會進程，不斷把實現「兩個一百年」奮鬥目標向前推進。

正如習近平主席指出的那樣，全面建成小康社會，是我們黨向人民、向歷史作出的莊嚴承諾，是 13 億多中國人民的共同期盼。我們要堅持「五位一體」的總體佈局，在推動經濟發展的基礎上，建設社會主義市場經濟、民主政治、先進文化、生態文明、和諧社會，協同推進人民富裕、國家強盛、中國美麗。

在習近平的帶領下，中國將要實現「兩個一百年」的奮鬥目標。**為了實現這兩大目標，國家推行了全面推進經濟建設、政治建設、文化建設、社會建設、生態文明建設，促進現代化建設各個方面、各個環節相協調，為的就是建設美麗中國。**

十八大以來，以習近平總書記為核心的黨中央以巨大的政治勇氣和強烈的歷史擔當，團結帶領全黨全國人民攻堅克難，黨和國家事業取得歷史性成就，並開啟了中國特色社會主義新時代。 2014 年 10 月 8 日，中共中央總書記、國家主席、中央軍委主席習近平在黨的羣眾路線教育實踐活動總結大會講話中，首次提出國家要「全面推進從嚴治黨」，並於 2014 年 12 月出席江蘇調研時提到：「協調推進全面建成小康社會、全面深化改革、全面推進依法治國、全面從嚴治黨，推動改革開放和社會主義現代化建設邁上新台階。」

2020 年 10 月 26 日至 29 日，中國共產黨第十九屆中央委員會第五次全體會議強調，全黨全國各族人民要再接再厲、一鼓作氣全面建成小康社會。中國特色社會主義進入新時代，我們黨一定要有新氣象新作為。打鐵必須自身硬。黨要團結帶領人民進行偉大斗爭、推進偉大事業、實現偉

大夢想，必須毫不動搖堅持和完善黨的領導，毫不動搖把黨建設得更加堅強有力。

四 「四個全面」

「四個全面」和「五位一體」互相配合，產生協同效應。「五位一體」是總體佈局，「四個全面」則是戰略佈局。二者為國家實現「兩個一百年」戰略目標提供保證。

習近平在十九屆五中全會提出「四個全面」戰略佈局的內涵，提出「全面建設社會主義現代化國家」、「全面深化改革」、「全面依法治國」、「全面從嚴治黨」，點出了中國改革發展的大方針。

「四個全面」戰略佈局言簡意賅，四者既能獨立發展，亦能相互聯繫、有機統一，是一個環環相扣的整體。「四個全面」支撐國家全面建成小康社會，是實現中華民族偉大復興中國夢的關鍵一步。以下，就讓我們深入分析「四個全面」：

（一）全面建設社會主義現代化國家

習近平在十九大報告中提出：「我們既要全面建成小康社會、實現第一個百年奮鬥目標，又要乘勢而上開啟全面建設社會主義現代化國家新征程，向第二個百年奮鬥目標進軍。」（《人民日報》2017 年 10 月 19 日評論員文章）

接着，他於 2020 年 10 月十九屆五中全會強調：「全黨全國各族人民要再接再厲、一鼓作氣，確保如期打贏脫貧攻堅戰，確保如期全面建成小康社會、實現第一個百年奮鬥目標，為開啟全面建設社會主義現代化國家新征程奠定堅實基礎。」習近平明確表示，中國在實現了全面建成小康社會的目標後，國家事業發展的新目標就是**分兩步走**，全面建設社會主義現代化國家，並劃分出兩個階段：

1. 第一個階段（2020-2035）：

- 從 2020 年到 2035 年，中國將要在全面建成小康社會的基礎上，再奮鬥 15 年，目的是要基本實現社會主義現代化，中國的經濟實力和科技實力也會大幅提升。
- 人民的發展權利將會得到充分的保障，國家、政府的制度也將更加完善，從而實現國家治理體系和治理能力的現代化。
- 國家的社會文明程度將會達到全新的高度，文化軟實力同時也會顯著增強，也讓中華文化能有更大和更深入的影響。
- 人民生活更寬裕，中等收入群體比例提高，城鄉差距和人民生活水平差距顯著縮小，基本公共服務均等化基本實現，全體人民共同富裕邁出堅實步伐。
- 形成現代社會的治理格局，讓社會充滿活力和諧。
- 生態環境好轉，美麗中國目標基本實現。

2. 第二個階段（2035-2050）：

- 從 2035 年到本世紀中葉，中國將要在基本實現現代化的基礎上，再奮鬥 15 年，建成富強、民主、文明、和諧、美麗的社會主義現代化中國。
- 物質文明、政治文明、精神文明、社會文明、生態文明將全面提升。
- 國家的治理體系和治理能力現代化，國際影響力領先。

- 全體人民共同富裕基本實現，享有更加幸福安康的生活。
- 中華民族將以更加昂揚的姿態屹立於世界民族之林。

習近平強調，我國將在 2035 年基本實現社會主義現代化，而在本世紀中葉將建成富強、民主、文明、和諧、美麗的社會主義現代化中國。在這個新征程下，我國將躋身創新型國家的前列，並成為綜合國力和國際影響力領先的國家。

(二) 全面依法治國

鄧小平曾說：「我們這個國家有幾千年封建社會的歷史，缺乏社會主義的民主和社會主義的法制。現在我們要認真建立社會主義的民主和社會主義的法制。只有這樣，才能解決問題。」**依法治國，是我們對過往歷史的經驗進行總結所得出的結果，也是保障中國民主和法制建設發展的長遠方法。**

全面依法治國，即是依照人民意志和社會發展，構建一個法治國家，務求國家的政治、經濟、社會各方面的活動都必須在法治的軌道執行，不能受任何個人意志干預和阻礙。依法治國是發展社會主義市場經濟的必要條件，更是國家長治久安的必要保障。

2014 年 10 月 20 日至 23 日召開的中共十八屆四中全會，審議通過了《中共中央關於全面推進依法治國若干重大問題的決定》，這份文件正是全面依法治國的總方向和總目標。

以下是該份文件的重點，它扼要地介紹了「全面依法治國」
的理念：

「全面依法治國」的理念	解讀
一、堅持走中國特色社會主義法治道路，建設中國特色社會主義法治體系	• 依法治國，堅持和發展中國特色社會主義 • 實現國家治理體系和治理能力現代化 • 統籌推進法律法規體系、法治實施體系、法制監督體系、法制保障體系和黨內法規體系建設 • 提高黨的執政能力和執政水平，必須全面推進依法治國 • 堅持中國共產黨的領導 • 堅持人民主體地位 • 堅持法律面前人人平等 • 堅持依法治國和以德治國相結合 • 堅持從中國實際出發
二、完善以憲法為核心的中國特色社會主義法律體系，加強憲法實施	• 健全憲法實施和監督制度 • 完善立法體制 • 深入推進科學立法、民主立法 • 加強重點領域立法
三、深入推進依法行政，加快建設法治政府	• 依法全面履行政府職能，完善行政組織和行政程序法律制度 • 健全依法決策機制 • 深化行政執法體制改革 • 堅持嚴格規範公正文明執法 • 強化對行政權力的制約和監督 • 全面推進政務公開，堅持以公開為常態，不公開為例外原則

四、保證公正司法，提高司法公信力	<ul><li>完善確保依法獨立公正行使審判權和檢察權的制度</li><li>優化司法職權配置。健全公安機關、檢察機關、審判機關、司法行政機關</li><li>推進嚴格司法。堅持以事實為根據、以法律為準繩</li><li>保障人民群眾參與司法，堅持人民司法為人民，依靠人民推進公正司法，通過公正司法維護人民權益</li><li>加強人權司法保障，強化訴訟過程中當事人和其他訴訟參與人的知情權、陳述權、辯護辯論權、申請權、申訴權的制度保障</li><li>加強對司法活動的監督。完善檢察機關行使監督權的法律制度，加強對刑事訴訟、民事訴訟、行政訴訟的法律監督</li></ul>
五、增強全民法治觀念，推進法治社會建設	<ul><li>推動全社會樹立法治意識。堅持把全民普法和守法作為依法治國的長期基礎性工作，深入開展法治宣傳教育，引導全民自覺守法</li><li>推進多層次多領域依法治理，堅持系統治理、依法治理、綜合治理、源頭治理，提高社會治理法治化水平</li><li>建設完備的法律服務體系。推進覆蓋城鄉居民的公共法律服務體系建設，加強民生領域法律服務</li><li>健全依法維權和化解糾紛機制</li></ul>

六、加強法治工作隊伍建設	• 建設高素質法治專門隊伍，把思想政治建設擺在首位，加強理想信念教育，深入開展社會主義核心價值觀和社會主義法治理念教育
	• 加強法律服務隊伍建設，加強律師隊伍思想政治建設，把擁護中國共產黨領導、擁護社會主義法治作為律師從業的基本要求，增強廣大律師走中國特色社會主義法治道路的自覺性和堅定性
	• 創新法治人才培養機制
七、加強和改進黨對全面推進依法治國的領導	• 堅持依法執政，依法執政是依法治國的關鍵
	• 加強黨內法規制度建設，黨內法規既是管黨治黨的重要依據，也是建設社會主義法治國家的有力保障
	• 提高黨員幹部法治思維和依法辦事能力
	• 推進基層治理法治化
	• 深入推進依法治軍從嚴治軍，黨對軍隊絕對領導是依法治軍的核心和根本要求
	• **依法保障「一國兩制」實踐和推進祖國統一，堅持憲法的最高法律地位和最高法律效力，全面準確貫徹「一國兩制」、「港人治港」、「澳人治澳」、高度自治的方針**
	• 加強涉外法律工作，適應對外開放不斷深化，完善涉外法律法規體系，促進構建開放型經濟新體制

全面依法治國印證了現今的中國需要完備的治理體系，並確保中國在法治的軌道上改革發展，才能平衡社會的利益，並在人人平等的前提下，將人民的力量轉化為現代化建設的巨大動力，讓中國特色社會主義的制度更加成熟和穩定。

（三）全面從嚴治黨

2017 年 10 月 18 日，習近平在十九大報告中指出：「堅定不移全面從嚴治黨，不斷提高黨的執政能力和領導水平。」全面從嚴治黨是十八大以來，中共中央所訂立的重大戰略部署，也是「四個全面」戰略佈局的組成部分。

所謂的全面從嚴治黨，就是管全黨、治全黨。中國共產黨有多達 9500 多萬黨員、480 多萬個基層黨組織。全面從嚴治黨覆蓋共產黨的各個方面和部門，而當中的領導幹部更是「關鍵少數」，需要以身作則。

「嚴」就是管治要嚴厲，上級也需要敢管敢嚴，才能確保黨能夠健康地長遠發展。

「治」就是從黨中央到每個成員，都要肩負起監督的責任，要敢於執紀問責。

（四）全面深化改革

馬克思說：「理論在一個國家實現的程度，總是取決於理論滿足這個國家的需要的程度。」十一屆三中全會以來，黨和國家都會按實際情況提出新的改革思路，以推動中國特色社會主義的持續發展。而這些改革措施的系統性和整體性，更是領導人關注的重點。

黨的十八大以來，習近平總書記圍繞全面深化改革作出了一系列精闢論述。《紅旗文稿》曾在《習近平同志關於全面

延伸閱讀

深化改革的十個重要論點》的文章中，為全面深化改革作出了一系列的論述，並回答為什麼中國要全面深化改革、怎樣全面深化改革等重大理論和現實問題的論述，我們可從引述文章的十個論點，了解全面深化改革的理念。

深圳是中國改革開放的一個象徵。2019 年，它又被中央列為中國特色社會主義先行示範區，繼續發揮其「敢闖敢幹」的精神，為深化改革作出表率。

結語

說到改革，我們會聯想到《詩經‧大雅‧文王》名句「周雖
舊邦，其命維新」。《詩經》是我國最早的詩歌總集，收錄
了西周初年至春秋中葉（約前 11 世紀至前 6 世紀）的詩歌
305 篇。《詩經‧大雅‧文王》是一首追述周文王德業的
詩，據朱熹《詩集傳》注，此句的原意是：「是以周邦雖自
后稷始封，千有餘年，而其受天命則自今始也」,[3] 指的是周
朝自今起，新受天命。後來，「維新」的意思慢慢演變為「變
舊法，行新政」，即改革。歷史上著名的維新運動，有鄰邦
日本的「明治維新」，有清朝的「百日維新」。無論古今中
外，當一個制度陳舊老化以後，就需要變革，以適合新時
代新社會。

「改革」從三千年前就已經融入了我們的文化血脈中。老
祖宗告訴我們「窮則變，變則通，通則久」（《周易‧繫辭
下》），意思是窮極則變化，變化則通達，通達則恆久。當
事物發展到了極點，自然就要發生變化，或回頭、或突破，
這才會使事物發展不受阻塞，能恆久不斷地發展。中國共
產黨自建立以來，其指導思想從馬克思列寧主義開始，不
斷深化、完備，形成了毛澤東思想、鄧小平理論、「三個代
表」重要思想和科學發展觀。每一代領導人都以「其命維
新」的思維，不斷進行改革。習近平曾經說過，改革開放
是一項長期的、艱巨的、繁重的事業，必須一代又一代人
接力幹下去，改革開放只有進行時沒有完成時。「改革開

3　程俊英、蔣見元：《詩經注析》（北京：中華書局，1999 年），頁 746。

放只有進行時沒有完成時」，是對改革開放持久性作出的科學結論。因此，中共十九大繼續優化中國共產黨指導思想，總結形成了「習近平新時代中國特色社會主義思想」，為中國持續發展注入新動力。

習近平新時代中國特色社會主義思想中，有「五位一體」和「四個全面」兩個重點。「五位一體」是總體佈局，包括經濟建設、政治建設、文化建設、社會建設、生態文明建設；「四個全面」是戰略佈局，包括全面建設社會主義現代化國家、全面深化改革、全面依法治國、全面從嚴治黨。其中核心之一就是「全面深化改革」。

習近平總書記代表十八屆中央委員會所作的十九大報告，指出了「全面深化改革」的基本原則：「必須堅持和完善中國特色社會主義制度，不斷推進國家治理體系和治理能力現代化，堅決破除一切不合時宜的思想觀念和體制機制弊端，突破利益固化的藩籬，吸收人類文明有益成果，構建系統完備、科學規範、運行有效的制度體系，充分發揮我國社會主義制度優越性」。這一原則高屋建瓴，指引着「全面深化改革」的方向。事實上，十八屆三中全會審議通過的《中共中央關於全面深化改革若干重大問題的決定》已經就經濟、政治、文化、社會、生態文明、黨建等六大改革主線（涵蓋 15 個領域、包括 60 個具體任務）定下具體目標。故此，無論十八大，還是十九大，「全面深化改革」都是重要的內容。

習近平曾說：「從形成更加成熟更加定型的制度看，我國社會主義實踐的前半程已經走過了，前半程我們的主要歷

史任務是建立社會主義基本制度，並在這個基礎上進行改革，現在已經有了很好的基礎。後半程，我們的主要歷史任務是完善和發展中國特色社會主義制度，為黨和國家事業發展、為人民幸福安康、為社會和諧穩定、為國家長治久安提供一整套更完備、更穩定、更管用的制度體系。」目前，我國正從「建立基礎」的「前半程」路，走到「鞏固、完備制度體系」的「後半程」路，看似簡單，但實際還是需要小心謹慎。「行百里者半於九十」（《戰國策・秦策五》），事情越接近成功越困難，因為這最後十里路往往最容易掉以輕心，所以我們要把它當作「半程路」看，要更加謹慎。

「全面深化改革」雖然只有簡單六個字，但其實意義深遠。「改革」是建國以來，一直堅持着的事業；前人基業交到我們這一代人，我們要從「深化」、「全面」兩方面着眼，把改革推展到國家、社會的各個層面，展現「其命維新」的魄力！

內容提要 | **1** 建設中國特色社會主義，總依據是社會主義初級階段，總佈局是「五位一體」，總任務是實現社會主義現代化和中華民族偉大復興。

2 「五位一體」總體佈局，我們可以理解為：全面推進經濟建設、政治建設、文化建設、社會建設、生態文明建設，實現以人為本、全面協調可持續的科學發展。

3 「四個全面」戰略佈局是個環環相扣的整體，全面建成小康社會是戰略目標，全面深化改革、全面依法治國、全面從嚴治黨是三大戰略舉措，在背後支持國家全面建成小康社會及現代化國家。

4 「五位一體」和「四個全面」確立了中國改革和發展的方向。

關鍵概念 | 「五位一體」「四個全面」 改革開放 「兩個百年目標」社會主義初級階段

深度閱讀 |

主題	書名	頁碼
全面深化改革及「五位一體」總體佈局	《堅定不移沿着中國特色社會主義道路前進為全面建成小康社會而奮鬥》（中共十八大報告）	第三章－延伸閱讀 15-17, 18, 20, 22, 25, 27, 29
	《中共中央關於全面深化改革若干重大問題的決定》	第三章－延伸閱讀 39-41, 42, 43, 45, 46, 47, 48, 49, 51, 52, 53, 55, 57, 58, 59, 60

主題	書名	頁碼
	《決勝全面建成小康社會 奪取新時代中國特色社會主義偉大勝利》（中共十九大報告）	第三章－延伸閱讀 69-73, 74, 76, 78, 80
	《新時代 新思想——習近平再次當選中共中央總書記、國家主席全球評論與報導選輯》	316-325 326-335 336-345 346-355 555-557 614-616 1062-1064 1108-1113

中國的科技發展一日千里，國家利用科技的優勢振興鄉村的農業發展，讓傳統農作變得更加高效。 為全面落實國家鄉村振興戰略，賦能城鄉數智融合發展，讓 5G 成為產業轉型升級加速器，為鄉村振興作出新貢獻，中國移動惠安分公司聯合瑞龍生態農業構建「1+1+N」的 5G+ 智慧農業化平台。

延伸閱讀

延伸問題

是非題

1. 「五位一體」總體佈局是一個有機整體；其中，經濟建設是根本，政治建設是保證，文化建設是靈魂，社會建設是條件，生態文明是基礎。　　　　　　　　是 / 非

2. 新時代「五位一體」總體佈局、戰略目標，是推進中國特色社會主義事業的發展，實現以國家為本、全面協調可持續的科學發展。　　　　　　　　　　　　是 / 非

3. 「四個全面」和「五位一體」互相配合，產生協同效應。「五位一體」是總體佈局，「四個全面」則是戰略佈局。
　　　　　　　　　　　　　　　　　　　　　　是 / 非

填充題

4. 建設中國特色社會主義，總依據是＿＿＿＿初級階段，總佈局是＿＿＿＿，總任務是實現社會主義現代化和＿＿＿＿＿＿＿＿＿＿＿＿＿＿＿。

5. 「五位一體」總體佈局，我們可以理解為：＿＿＿＿＿＿、＿＿＿＿＿、＿＿＿＿＿、＿＿＿＿＿、＿＿＿＿＿，實現以人為本、全面協調可持續的科學發展。

問答題

6. 請簡述甚麼是「四個全面」？

7. 請簡述甚麼是「全面依法治國」？

(答案見附錄)

4

落實「一國兩制」，促進國家統一

必須把維護中央對香港、澳門特別行政區全面管治權和保障特別行政區高度自治權有機結合起來，確保「一國兩制」方針不會變、不動搖，確保「一國兩制」實踐不變形、不走樣。必須堅持一個中國原則，堅持「九二共識」，推動兩岸關係和平發展，深化兩岸經濟合作和文化往來，推動兩岸同胞共同反對一切分裂國家的活動，共同為實現中華民族偉大復興而奮鬥。

—— 習近平在中國共產黨第十九次全國代表大會上的報告，2017 年 10 月 18 日

章節要點

- 國家對「一國兩制」的詮釋
- 「一國兩制」的構思與框架
- 「一國兩制」賦予香港特別行政區的權利
- 「一國兩制」在香港的實踐
- 落實「一國兩制」，促進國家統一

一 │ 導言

回歸以前，香港成立了基本法諮詢委員會。作為委員會秘書長的梁振英先生在諮詢居民時，有居民問他：「1997 年 7 月 1 日，即香港回歸的第一天，你會用什麼鈔票買早餐？」梁先生回道：「我用港幣買早餐。」有些朋友不認同這說法，告訴梁先生：「你現在太年輕了。政權一換，第一換旗幟；第二換鈔票。所以到了 1997 年特區成立的時候，香港不可能用港幣，一定是用人民幣。」[1]

「事實勝於雄辯」，今年是香港回歸 25 週年，我們還是使用港幣「購買早餐」。這說明了什麼？這說明「一國兩制」正在特區穩健地運作着！

在「一國兩制」下，中國就如一個家庭，家中的成員需要共同努力，才能好好經營好一個家庭。而中央人民政府就像父母，香港、澳門就是兒女，兒女在父母的護蔭下，茁壯

---

1 《新華網》的《一張港幣背後的「一國兩制」故事》，詳見：http://www.xinhuanet.com/gangao/2021-07/28/c_1211263960.htm。

成長。因此，作為兒女的香港，必須清楚了解這條「切不斷、割不開」的血緣關係，明白內地與香港是「共榮共生」，所以必須盡好自身的責任。「有權利，就有義務」，履行「一國兩制」，配合國家發展，正是香港最基本的義務。在履行這份義務的同時，香港可以從「一國兩制」獲得利益，互補又互惠。

還有更重要的一點是，「一國兩制」的成功，正好向台灣民眾表明，兩岸和平統一絕對可行。2015 年 11 月 7 日，兩岸領導人習近平、馬英九在新加坡香格里拉飯店進行「世紀之握」，就推進兩岸關係和平發展交換意見，媒體稱之為「習馬會」。「習馬會」的意義在於：這是 1949 年以來兩岸領導人的首次會面，而且在會面時使用兩岸領導人的身份和名義，並互稱「先生」。這一方面說明了習、馬二人均視「致力於中華民族復興」為兩岸的共同使命，另一方面也證明了香港「一國兩制」的成功，讓兩岸民眾對國家和平統一有着美好的願景。

香港回歸至今 25 年，有賴「一國兩制」的堅實基礎和明確的法律保障，讓香港一直充分展現它的獨特身份和優勢，發展和鞏固為世界一流的國際貿易、金融與航運中心。2012 年 11 月，中共十八屆一中全會宣佈，習近平當選為中共中央總書記、中共中央軍委主席。次年 3 月，十二屆全國人大一次會議，習近平當選為國家主席。習近平上任後，他對香港的關懷有增無減，在確立「一國兩制」的發展方針下，繼續完善「一國兩制」的體制，提升實施成效，讓香港在「愛國者治港」的原則下，把維護中央全面管治權和保障香港特區的高度自治結合，使「一國兩制」的實踐行穩致遠。

2017 年 10 月 18 日，正值香港回歸 20 週年的金秋，十九大在北京召開。會議上，習近平總書記強調，「『一國兩制』是解決歷史遺留的香港、澳門問題的最佳方案，也是香港、澳門回歸後保持長期繁榮穩定的最佳制度」。接下來我們將為大家解析「一國兩制」在新時代的意義。

一國兩制的背景是甚麼？ 1840 年至 1860 年，滿清政府先後兩次於鴉片戰爭戰敗，被迫與英國簽署兩份喪權辱國不平等條約：《南京條約》和《北京條約》。

二 ｜ 新時代「一國兩制」的理解

十九大：「一國兩制」是解決歷史遺留的香港澳門問題的最佳方案，也是香港澳門保持長期繁榮穩定的最佳制度。

「一國兩制」是解決歷史遺留的香港、澳門問題的最佳方案，也是香港、澳門回歸後保持長期繁榮穩定的最佳制度。

保持香港、澳門長期繁榮穩定，必須全面準確貫徹「一國兩制」、「港人治港」、「澳人治澳」、高度自治的方針，嚴格依照憲法和基本法辦事，完善與基本法實施相關的制度和機制。要支持特別行政區政府和行政長官依法施政、積極作為，團結帶領香港、澳門各界人士齊心協力謀發展、促和諧，保障和改善民生，有序推進民主，維護社會穩定，履行維護國家主權、安全、發展利益的憲制責任。

要支持香港、澳門融入國家發展大局，以粵港澳大灣區建

設、粵港澳合作、泛珠三角區域合作等為重點，全面推進
內地同香港、澳門互利合作，制定完善便利香港、澳門居
民在內地發展的政策措施。

堅持愛國者為主體的「港人治港」、「澳人治澳」，發展壯大
愛國愛港愛澳力量，增強香港、澳門同胞的國家意識和愛
國精神，讓香港、澳門同胞同祖國人民共擔民族復興的歷
史責任、共享祖國繁榮富強的偉大榮光。

—— 習近平在中國共產黨第十九次全國代表大會上的報告

「一國兩制」下的香港，繼續保持繁榮。

中央對「一國兩制」的解釋和執行

習近平新時代中國特色社會主義思想入憲對「一國兩制」具有甚麼意義？ 將堅持「一國兩制」列入新時代堅持和發展中國特色社會主義的基本方略，是習近平思想的重要組成部分。

十八大報告、十九大報告，均強調「一國兩制」的重要性。報告指出中央對香港、澳門實行的各項方針政策的根本宗旨是：維護國家主權、安全、發展利益，保持香港、澳門長期繁榮穩定。報告更直接、明確地點出「一國兩制」是解決歷史遺留的香港問題的最佳方案，也是香港保持長期繁榮穩定的最佳制度。

根據十八大、十九大兩份報告，我們可以總結出中央對「一國兩制」的解釋和相關執行重點，包括以下三個方面：

1. 必須堅持「一國」的原則，尊重「兩制」的差異，維護中央對特別行政區的全面管治權和保障特別行政區的高度自治權。

1983 年，中國政府就香港回歸後所實施的「一國兩制」發佈十二條基本方針政策，確立「一國兩制」的原則。「一國兩制」的宗旨是維護國家主權安全、發展利益，並保持香港的長期繁榮穩定。

關於「一九九七年後中國採取甚麼方法管理香港」的問題，鄧小平提出了「一國兩制、港人治港、高度自治」的構想。其中的「港人治港」必須是建立在「由以愛國者為主體的港人來治理香港」的前提下。

根據《鄧小平文選》第三卷第 74 頁《一個國家，兩種制度》（1984 年 6 月 22 日、23 日）：「港人治港有個界線和標準，就是必須由以愛國者為主體的港人來治理香港」。「什麼叫愛國者？愛國者的標準是，尊重自己民族，誠心誠意擁護祖國恢復行使對香港的主權，不損害香港的繁榮和穩定。只要具備這些條件，不管他們相信資本主義，還是相信封建主義，甚至相信奴隸主義，都是愛國者。我們不要求他們都贊成中國的社會主義制度，只要求他們愛祖國，愛香港。」

在「一國兩制」下，包括行政長官、主要官員、行政會議成員、立法會議員、各級法院法官和其他司法人員等在內的治港者，需要肩負正確理解和貫徹執行香港《基本法》的重任，並承擔維護國家主權、安全，保持香港長期繁榮穩定的職責。現任國務院港澳辦主任夏寶龍亦就此有明確的解讀：「……『愛國者治港』是全面準確貫徹『一國兩制』方針必須遵循的根本原則。香港回歸祖國以來，『一國兩制』實踐取得了舉世公認的成功，但也遇到了不少新情況、新問題、新挑戰。要確保『一國兩制』實踐繼續沿着正確方向行得穩、走得遠，不變形、不走樣，一個重要前提是，治港者必須能夠全面準確理解和貫徹『一國兩制』方針。凡是治港者，必須深刻認同『一國』是『兩制』的前提和基礎，旗幟鮮明維護憲法和基本法確定的憲制秩序，充分尊重國家主體實行的社會主義制度，正確處理涉及中央和特別行政區關係的有關問題，堅定維護國家主權、安全、發展利益和香港長期繁榮穩定，堅守『一國兩制』原則底線，堅決反對外國勢力干預香港事務。」

「愛國」是對「治港者」的基本政治要求，而「一國兩制」在香港特別行政區的實踐是不能偏離「愛國者治港」原則的。在任何情況下，國家的主權、安全和發展利益必須得到切實的維護，與此同時，香港的繁榮穩定和港人的福祉也同樣需要受到保護。

中央政府強調嚴格依照《基本法》辦事，完善與《基本法》實施相關的制度和機制，堅定支持特別行政區行政長官和政府依法施政，帶領香港切實地、有效地改善民生，並循序漸進地推進民主，促進和諧及深化內地與香港的經貿關係。

十九大報告明確地指出要保持香港長期繁榮穩定，必須全面準確貫徹「一國兩制」、「港人治港」、「高度自治」的方針，而要「全面準確貫徹」這三個方針，就必須「嚴格依照憲法和基本法辦事，完善與基本法實施相關的制度和機制」。

因此，在經歷了 2019 年香港反修例風波後，全國人大果斷推出《中華人民共和國香港特別行政區維護國家安全法》，並通過《全國人民代表大會關於完善香港選舉制度的決定》，令香港迅速由亂轉治。

2. 堅持「一國兩制」原則，發揮祖國內地堅強後盾作用，使香港與內地優勢互補，共同發展，提高港澳自身競爭力。

在全面、準確貫徹「一國兩制」、「港人治港」、「高度自治」方針下，香港**必須堅持「一國」原則，並尊重「兩制」差異**、維護中央全面管治權和保障特別行政區高度自治權，發揮祖國內地堅強後盾作用和提高港澳自身競爭力。

改革開放以來，深圳、珠海、廈門等沿海經濟特區在高速發展過程中，與香港交往頻繁，保持着密切的聯繫。相對其他內陸地區，這批沿海經濟特區更積極吸納香港的資金和管理經驗，彼此成為了不可分割的互惠共贏夥伴。

香港回歸以後，中央也十分支持香港經濟發展，提供了不少利港、惠港的經濟政策。例如在 2003 年 6 月 29 日，中央政府與香港特區政府簽署《內地與香港關於建立更緊密經貿關係的安排》（Mainland and Hong Kong Closer Economic Partnership Arrangement，縮寫 CEPA）。通過這份經貿協定，內地與香港有效地減少市場壁壘，加強兩地的經濟貿易聯繫。香港可以依據相對成熟的市場經濟體系，進入內地市場，並為內地的金融業及服務業等注入活力，實現互惠互利、優勢互補、共同繁榮的局面。

CEPA 服務貿易協議簽署儀式。

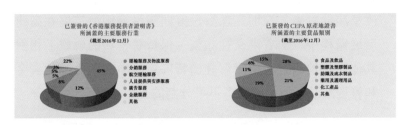

（圖表來源：《CEPA 成功故事》，香港特別行政區政府工業貿易處，2017 年。）

上圖所示，香港主要的服務性行業都已獲簽發了《香港服務提供者證明書》，由此可見，香港在簽署《內地與香港關於建立更緊密經貿關係的安排》後，服務性行業的質素都得到明文規定的保障。

2017 年 7 月 1 日，在習近平主席的見證下，國家發展和改革委員會與粵港澳三地政府在香港共同簽署《深化粵港澳合作 推進大灣區建設框架協議》，為大灣區建設訂下合作目標和原則，亦確立合作的重點領域。

香港作為大灣區內高度開放和國際化的城市，加上「一國兩制」的雙重優勢，將會在大灣區建設中擔當重要角色。香港是全球金融、航運、貿易中心和航空樞紐，將有力促進和支持區內經濟發展，提升大灣區在國家雙向發展中的角色和功能。與此同時，參與大灣區的發展，將更加便利香港「優勢產業」在大灣區的發展，以香港所長，服務國家所需，達到互惠共贏的成果。

十九大報告顯示，以習近平為核心的中共中央堅決支持香港融入國家發展大局，並且透過「粵港澳大灣區建設」、「粵港澳合作」、「泛珠三角區域合作」等重點機制，全面推進內地同香

港、澳門互利合作，制定完善便利香港、澳門居民在內地發展的政策措施。

時至今日，香港與內地的經濟聯繫越來越密切，大灣區內的民眾往來也越來越頻繁。

表 1　　2010 年至 2019 年香港與內地的商品貿易貨值
Table 1　Merchandise trade with the mainland of China, 2010 to 2019

十億元
$ Bn

貿易種類 Type of trade	2010	2011	2012	2013	2014	2015	2016	2017	2018	2019
整體出口 Total exports	1,598.2 [52.7] (+26.5)	1,747.4 [52.4] (+9.3)	1,857.8 [54.1] (+6.3)	1,949.2 [54.8] (+4.9)	1,979.0 [53.9] (+1.5)	1,936.5 [53.7] (-2.1)	1,943.5 [54.2] (+0.4)	2,105.8 [54.3] (+8.4)	2,287.3 [55.0] (+8.6)	2,210.9 [55.4] (-3.3)
進口 Imports	1,529.8 [45.5] (+22.4)	1,696.8 [45.1] (+10.9)	1,840.9 [47.1] (+8.5)	1,942.1 [47.8] (+5.5)	1,987.0 [47.1] (+2.3)	1,984.0 [49.0] (-0.1)	1,916.8 [47.8] (-3.4)	2,030.1 [46.6] (+5.9)	2,186.3 [46.3] (+7.7)	2,058.1 [46.6] (-5.9)

註釋：　方括號內數字表示在個別貿易種類中，內地佔其　　　　Notes：　Figures in square brackets refer to the percentage share of the
　　　　總值的百分比。　　　　　　　　　　　　　　　　　　　　　　　mainland of China in individual type of trade.
　　　　圓括號內數字表示按年變動百分率。　　　　　　　　　　　　Figures in round brackets refer to year-on-year percentage
　　　　　　　　　　　　　　　　　　　　　　　　　　　　　　　changes.

（圖表來源：《香港與中國內地的貿易》，香港政府統計處，2020 年 6 月 15 日。）

如表 1 所示，從 2010 年至 2019 年，香港整體出口和進口內地商品的數量持續上升。由此可見，香港與內地無論在進口或出口方面，一直保持密切的貿易關係。

3. 在愛國愛港的旗幟下大團結，防範和遏制外部勢力干預港澳事務。

香港作為一個特別行政區，於國際社會中擁有獨特的地位，是不少外國機構、組織與內地交往的重要「跳板」。而正是這種特殊地位，使香港內部議題很容易被外部勢力借題發揮，發酵成國際議題。因此，十八大報告提出，香港各大團體、組織必須在愛國愛港的旗幟下大團結，**防範和遏制外部勢力干預港澳事務**。

事實上，在香港的「反修例風波」中，我們可以看到外國勢力肆意妄為，干擾香港事務。因此，十九大報告中涉及港澳部分的論述，前後共分三個部分近七百字，篇幅比十八大報告更多。這**顯示了中央對香港事務的關心與關懷。**

習近平主席強調，要支持特別行政區政府和行政長官依法施政、積極作為，團結帶領香港各界人士齊心協力謀發展、促和諧，保障和改善民生，有序推進民主，**維護社會穩定，履行維護國家主權、安全、發展利益**的憲制責任。而《中華人民共和國香港特別行政區維護國家安全法》和《全國人民代表大會關於完善香港選舉制度的決定》正是中央對香港管治的有力支持。

小結：堅持「一國」的原則，尊重「兩制」的差異

十九大報告指出，必須**堅持愛國者為主體的「港人治港」**，發展壯大愛國愛港力量，增強香港同胞的國家意識和愛國精神，讓香港同胞同祖國人民共擔民族復興的歷史責任、共享祖國繁榮富強的偉大榮光。

2021 年立法會選舉是完善香港選舉制度後首次立法會選舉，是香港「由亂到治」，再邁向「由治及興」的關鍵節點，意義十分重大、影響也極為深遠。而完善香港選舉制度的原則方向就是必須始終堅持「愛國者治港」原則，這正是十八大、十九大一直強調的**「全面準確、堅定不移貫徹一國兩制方針」**的應有之義。

完善香港選舉制度有利於維護香港長期繁榮穩定

市民積極參與選舉活動。

同時，中央亦把「保持香港長期繁榮穩定」，提升至「實現中華民族偉大復興」的必然要求之一，這可見中央對香港的重視程度。香港作為中華人民共和國不可分割的一部分，為實現「中華民族偉大復興」而奉獻努力，也是應盡之責。

十九大報告對「全面管治權」和「高度自治權」的詮釋更為清晰準確。中央除了表示要掌握憲法和《基本法》賦予的對港澳的全面管治權外，還要求把兩者有機結合，釐清當中的從屬關係，認清特區的權力來源。

中央堅持以愛國者為主體的「港人治港」，同時壯大愛國愛港力量，增強香港同胞的國家意識和愛國精神。**「愛國者治港」必須依照憲法和香港《基本法》的規定，維護國家的統一和領土完整，保持香港長期繁榮穩定。**

其中，最明顯的一項，就是特別行政區行政長官、主要官員、行政會議成員、立法會主席及立法會 80% 以上的議員、終審法院和高等法院的首席法官，都必須由在外國無居留權的香港永久性居民中的中國公民擔任。

同時，行政長官、主要官員、行政會議成員、立法會議員、各級法院法官和其他司法人員在就職時，必須依法宣誓擁護中華人民共和國香港特別行政區《基本法》，效忠中華人民共和國香港特別行政區。

「愛國者治港」體現了國家主權的需要，確保治港者主體效忠國家，並使其接受中央政府和香港社會的監督，切實對國家、對香港特別行政區以及香港居民負起主體責任。

另一方面，治港要以「愛國者為主體」，是為了解決以往於香港立法會內，一些拒絕宣誓效忠國家、發表反華辱華言論的議員所帶來的問題，並要求特區政府必須採取行動取消這些人在憲制上的角色。此外，中央亦要求特區「履行維護國家主權、安全、發展利益的憲制責任」，儘快為《基本法》第二十三條立法。

2019 年 2 月，中央人民政府發佈《粵港澳大灣區發展規則綱要》。香港必須把握國家建設大灣區的機遇，**充分發揮粵港澳的優勢，深化與內地的合作**，進一步協同提升粵港澳大灣區在國家經濟發展和對外開放方面的作用，支持香港融入國家發展大局，保持香港長期繁榮穩定，讓港澳同胞共享祖國繁榮富強。

縱使香港要全面投入大灣區發展，目前仍然面臨阻礙，例如部分港人抗拒「被中央規劃」、年輕人北上發展意欲低下、本港的創科水平未追上內地等。十九大報告亦有就有關問題提出解決方案，例如**支持香港融入國家發展大局**，全面推進內地同香港互利合作，制訂完善便利香港居民在內地發展的政策措施。

自香港回歸以來，一些人有意或無意強調「一國兩制」的「兩制」，忽略此制度的最大前提「一國」。事實上，「**一國兩制」的構想和施行是古今中外歷史上未有的創舉，所以在實施時必然會出現一些矛盾**。而通過對這些「矛盾」的觀察與分析，我們可以更具體、深入完善這個前無古人的政策。

我們必須堅持「一國」原則，認識到**香港乃是中華人民共和國不可分割的一部分**；同時，我們也要明白內地和香港過去有不同的歷史，有着不同的制度，然後以包容之心，**尊重「兩制」的差異**。

有關中央對「一國兩制」的解釋和相關執行重點。我們可以總結成三點：

1	必須堅持「一國」原則，尊重「兩制」差異，維護中央全面管治權和保障香港特別行政區的高度自治權。
1	堅持「一國兩制」原則，發揮祖國內地堅強後盾作用，使香港與內地優勢互補，共同發展，提高港澳自身競爭力。
3	在愛國愛港的旗幟下大團結，防範和遏制外部勢力干預港澳事務。

《「一國兩制」下香港的民主發展》白皮書是如何指明了解決香港社會存在矛盾的最佳方法？學者韓大元指出，包容性和多元性的效能在於香港居民認可的良政善治。

三 ┃ 「一國兩制」的構思和框架

「一個國家，兩種制度」解決了歷史遺留的香港問題，也讓中國於 1997 年 7 月 1 日對香港恢復行使主權。

1971 年，中華人民共和國政府恢復在聯合國的合法席位，隨即建議聯合國從「殖民地」的名單中，刪去香港和澳門。這個建議於翌年獲得聯合國大會的接納和通過。中國的這個決定，不但展現了中國對於恢復對香港和澳門行使主權的決心和策略，並開展對以上兩地回歸祖國的政制規劃與發展方針的探討。

「文革」之後，中國處於重建時期，既致力建設國家，又逐步建立健康且穩定的外交關係，重中之重便是收回香港和澳門。鄧小平於 1978 年提出「一國兩制」的原則，希望解決中國大陸與台灣之間的兩岸關係問題，加快統一中國的進程。所以，「一國兩制」的策略最早提出，是為了解決海峽兩岸關係的問題，及後才延伸至香港及澳門回歸。

1978 年 8 月 12 日，《關於港澳工作預備會議的報告》指出：開展港澳工作必須深入調查研究，實事求是，一切工作都要從當地實際情況出發，不能照搬照套內地的做法，要解放思想，大膽放手，多想辦法，加快步伐，為實現中國四個現代化多做貢獻。「一國兩制」指的是「一個國家，兩種

制度」，在「一個中國」的主要前提下，國家的主體（即中國內地）堅持實行原有的社會主義制度，而香港、台灣及澳門三地，建基於中國不可分割的部分的原則下，將保留原有的資本主義制度。

中國大陸一直向台灣提出「一國兩制」的方針，稱台灣接受兩岸統一，將被給予高度自治。「一國兩制」在香港的成功範例，令台灣民眾開始思考接受與內地統一。一直以來，兩岸之間存在有限度的非官方代表接觸，直至「習馬會」的到來。2015 年 11 月 7 日，海峽兩岸最高領導人習近平與馬英九，在新加坡舉行會面。

「習馬會」是在兩岸政治分歧尚未解決情況下根據一個中國原則作出的務實安排，習近平主席更指出：「兩岸是『打斷骨頭連着筋的兄弟』，是『血濃於水的一家人』。兩岸同胞攜手奮鬥，堅持『九二共識』，共謀中華民族偉大復興。」

會議中，雙方都認為應該繼續堅持「九二共識」，鞏固共同政治基礎，推動兩岸關係和平發展，維護台海和平穩定，加強溝通對話，擴大兩岸交流，深化彼此合作，實現互利共贏，造福兩岸同胞。

「一國兩制」的框架是甚麼？ 1983 年，中國政府就香港回歸後所實施的「一國兩制」發佈了十二條基本方針政策。

延伸閱讀

 解讀一 從「一國兩制」到《基本法》

「一國兩制」的精神是：在維護國家的統一和領土完整，並保持香港繁榮和穩定的大原則下，中華人民共和國在對香港恢復行使主權時，設立香港特別行政區，並按照「一國兩制」的方針制訂《基本法》。「一國兩制」的「一國」是指「一個國家」，是國家主權的體現，也是不容許特別行政區因制度差異而「走偏」。「高度自治」基本原則是確立香港原有的資本主義不會受影響，與中國內地的社會主義共同前進。

《基本法》是香港的憲法性法律，它的法理基礎源於《中華人民共和國憲法》。

1985 年 4 月 10 日，香港特別行政區《基本法》起草委員會於第六屆全國人民代表大會第三次會議中成立，負責香港特別行政區《基本法》的起草工作。委員會的成立象徵「一國兩制」從策略方針走到憲治立法階段，當中的委員包括香港人士和內地人士，他們在制定《基本法》的同時，更負責在香港徵詢公眾對《基本法》的意見。《基本法》保證香港主權移交前的資本主義制度將維持 50 年不變，而中國內地所實施的社會主義制度將不會伸延到香港，由此維持香港的高度自治。經過 5 年的草擬和規劃，《基本法》於 1990 年 4 月 4 日舉行的第七屆全國人民代表大會第三次會議通過，經由中華人民共和國主席令公佈，並於 1997 年 7 月 1 日起施行。《基本法》確立了香港與「一國兩制、港人治港、高度自治」的各項安排。

解讀二 施行「一國兩制」的重要性

回歸後，中央保留香港原有的資本主義制度。其目的不單
是維護回歸後穩定發展的局面，更確立了香港原有的經濟
地位和自由風氣，保持社會穩定。

在「一國兩制」下，香港享有除國防和外交以外的高度自治
權，並且可以參與國際事務。香港由港英政府時代起，已
是世界金融與貿易中心。因此，確立香港在「一國兩制」下
的國際地位，實有助保障香港在世界的競爭力，例如香港
能夠以「中國香港」的名義加入世界貿易組織和亞太經濟
合作組織；香港還能以「中國香港」的名義參與國際體育盛
事，如奧運會、亞運會，甚至舉辦東亞運動會。

「一國兩制」不但是香港和澳門的重要發展策略，也是中華
人民共和國政府於兩岸問題上的主要方針。「一國兩制」在
香港和澳門的完善推行，無疑能為「兩岸問題」提供一個可
行方案。在中華民族實現和平統一的前提下，「一國兩制」
為解決兩岸紛爭提供寶貴的實踐經驗。

「永遠盛開的紫荊花」雕塑，為中央人民政府贈與香港特區。

四 | 「一國兩制」賦予香港的權利

根據《基本法》，我們可以認識「一國兩制」下香港所擁有的權利：

(一) 政府機關

《中華人民共和國憲法》第三十一條規定：「國家在必要時得設立特別行政區。在特別行政區內實行的制度按照具體情況由全國人民代表大會以法律規定。」因此，中華人民共和國於 1997 年 7 月 1 日建立中華人民共和國香港特別行政區，並根據《中華人民共和國憲法》制定和頒佈《中華人民共和國香港特別行政區基本法》，確定香港特別行政區成立後不會實行社會主義的制度和政策，並保持香港原有的資本主義制度和生活方式五十年不變。

香港特別行政區在直轄於中華人民共和國中央人民政府的前提下，享有高度的自治權。除了外交、國防事務屬於中央人民政府管理外，香港特別行政區享有行政管理權、立法權、獨立的司法權和終審權，而且政府和立法機關是由香港人所組成，通過選舉或協商產生香港特別行政區行政長官。而香港特別行政區政府的主要官員則由香港特別行政區行政長官提名，報請中央人民政府任命。

(二) 立法與司法

回歸後，香港原有的法律（除了與《基本法》抵觸或香港特別行政區的立法機關作出修改者外）都能保留，而且立法

機關可以根據《基本法》的規定來制定屬於香港的法律。

此外，香港特別行政區的法院享有終審權，香港原本實行的司法體制同樣保留。香港的法官會根據本地法官和法律界及其他方面知名人士組成的獨立委員會的推薦，由行政長官任命。香港特別行政區的終審權屬於香港特別行政區終審法院，而且檢察機關的刑事檢察工作不受任何干涉。

香港終審法院

(三) 財政與貿易制度

香港特別行政區可以自行管理財政事務，包括分配財政資源，編制財政預算。中央人民政府不會向香港特別行政區徵稅，香港的財政收入也全部不用上繳中央人民政府。

香港特別行政區保持原在香港實行的資本主義經濟制度和貿易制度,擁有自行制定經濟和貿易政策的權力。除此之外,香港特別行政區仍然保持自由港的地位,保留自由貿易政策,包括貨物和資本的自由流動,並可單獨與各國和地區保持貿易關係。

香港特別行政區為單獨的關稅地區,可以參加關稅和貿易協定、國際組織和國際貿易協定,包括優惠貿易安排。香港特別行政區取得的出口配額、關稅優惠和達成的協議,全部由香港特別行政區享有。香港特別行政區有權根據當時的產地規則,對在當地製造的產品簽發產地來源證。

香港特別行政區能夠保持國際金融中心的地位,原來在香港實行的貨幣金融制度,包括接受存款機構和金融市場的管理和監督制度都能保留。其次,香港特別行政區政府可以自行制定貨幣金融政策,保障金融企業的經營自由,以及資金流動和進出的自由,外匯、黃金、證券、期貨市場也會繼續開放。同時,港元繼續作為香港的法定貨幣,能夠流通,自由兌換,發行權也屬於香港特別行政區政府。

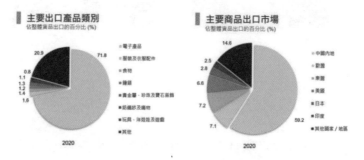

(圖表來源:《香港經貿概況》,香港貿易發展局,2022 年 1 月 3 日。)

上圖所示，過去 10 年間，內地是香港最大的商品整體出口
目的地及商品進口供應地。另一方面，香港在內地的對外
貿易中也佔有很重要的地位。香港出口產品類別多樣，而
中國內地更是香港的主要出口市場，説明了中國內地與香
港在經貿關係方面是相依並存的。

(四) 航運經營

香港特別行政區保持原有的航運經營和管理體制，自行規
定航運方面的職能和責任。香港的私營航運與航運有關的
企業，私營集裝箱碼頭，都可繼續自由經營。除外國軍用
船隻進入香港特別行政區須經中央人民政府特別許可外，
其他船舶可根據香港特別行政區法律進出港口。

繁忙的青衣貨櫃碼頭。

香港作為國際和區域航空中心的地位也得以保留，在香港註冊並以香港為主要營業地的航空公司，和與民用航空有關的行業可繼續經營。香港將繼續沿用原在香港實行的民用航空管理制度，並按照中央人民政府的規定，設置自己的飛機登記冊。香港需要自行負責民用航空的日常業務和技術管理，包括機場管理，提供空中交通服務等其他職責。

(五) 教育制度

香港特別行政區能夠保留原在香港實行的教育制度，自行制定教育和科學技術的政策，包括教育制度及管理、教學語言、經費分配、考試制度、學位制度、承認學歷及技術資格等。各類院校，包括宗教及社會團體所辦院校都可以保留它們的自主性，例如香港擁有不同宗教背景的學校，並可繼續從香港特別行政區以外的地方招聘教職員，選用適合的教材，而香港的學生更享有選擇院校的權利，以及在香港特別行政區以外求學的自由。

(六) 參與外交事務

在外交事務屬中央人民政府管理的原則下，香港特別行政區可以用「中國香港」的名義，在經濟、貿易、金融、航運、通訊、旅遊、文化、體育等領域獨立地與世界各國和地區，以及有關的國際組織保持發展關係，並簽訂有關協定。

以「中國香港」的名義參加世界體育盛事，一直是作為香港人的驕傲，特別是 2021 年的東京奧運會，香港運動員屢創佳績。 幾位運動員最終以一金、兩銀、三銅結束東京奧運

之旅，寫下「中國香港」運動員在奧運會的里程碑，也同時閃耀着中華民族的光芒。

對以國家為單位參與的國際組織或會議，與香港特別行政區有關的，香港特別行政區政府的代表可作為中華人民共和國政府代表團的成員，或以中央人民政府和上述有關國際組織或國際會議允許的身份參加，並以「中國香港」的名義發表意見；而對不以國家為單位參加的國際組織和國際會議，香港特別行政區可以「中國香港」的名義參加。

在外國機構方面，外國在香港特別行政區設立領事機構或其他官方、半官方機構，需要經過中央人民政府的批准。

(七) 人權自由

香港特別行政區政府依法保障香港居民和其他人的權利和自由，包括人身、言論、出版、集會、結社、組織和參加工會、通信、旅行、遷徙、罷工、遊行、選擇職業、學術研究和信仰自由、住宅不受侵犯、婚姻自由以及自願生育的權利。任何人都可以向法院提起訴訟、選擇律師在法庭上代理自己，以及獲得司法救助，並有權對行政部門的任何行為向法院申訴。

香港宗教風俗文化多元化，港人的信仰及宗教自由受甚麼法例保障？這些法則保障「香港六大宗教」在香港落地生根，發展形形色色的宗教生活、社羣、組織，例如廟宇、教堂。

延伸閱讀

宗教組織和教徒可同其他地方的宗教組織和教徒保持關係，所辦的學校、醫院、福利機構等都可以繼續存在。香港特別行政區的宗教組織與中華人民共和國的宗教組織互不隸屬、互不干涉，而且互相尊重。原本適用於香港的《公民權利和政治權利國際公約》和《經濟、社會與文化權利國際公約》將繼續有效。

「一國兩制」賦予香港的權利

1	**政府機關**	香港特別行政區直轄於中華人民共和國中央人民政府，享有高度的自治權。除了外交、國防事務屬於中央人民政府管理外，香港特別行政區享有行政管理權、立法權、獨立的司法權和終審權。
2	**立法與司法**	香港立法機關可以根據《基本法》的規定來制定屬於香港的法律。香港法院享有獨立的司法權及終審權。
3	**財政與貿易制度**	香港特別行政區可以自行管理財政事務。中央人民政府不會向香港特別行政區徵稅，而且香港的財政收入全部不用上繳中央人民政府。同時，港元繼續作為香港的法定貨幣，能夠流通，自由兌換，發行權也屬於香港特別行政區政府。
4	**航運經營**	香港特別行政區保持原有的航運經營和管理體制。
5	**教育制度**	香港特別行政區能夠保留原在香港實行的教育制度，自行制定教育和科學技術的政策。
6	**參與外交事務**	香港特別行政區可以用「中國香港」的名義，在經濟、貿易、金融、航運、通訊、旅遊、文化、體育等領域獨立地與世界各國和地區，以及有關的國際組織保持發展關係，並簽訂有關協定。

| 7 人權自由 | 香港政府依法保障香港居民和其他人的權利和自由，包括人身、言論、出版、集會、結社、組織和參加工會、通信、旅行、遷徙、罷工、遊行、選擇職業、學術研究和信仰自由、住宅不受侵犯、婚姻自由以及自願生育的權利。 |

五 ｜「一國兩制」的實踐

在主權完整的前提下，「一國兩制」在香港已推行了 25 年。香港特別行政區依法實行高度自治，享有行政管理權、立法權、獨立的司法權和終審權，同時保持原有的資本主義制度和生活方式，繼續保持繁榮穩定，社會全面發展。

中華人民共和國政府根據香港《基本法》的規定，履行憲制責任，堅定支持香港特別行政區的發展。回歸後，有賴「一國兩制」賦予的權利和發展的自由度，香港得以保持發展的步伐，不斷提升自身的國際金融、貿易、航運中心地位。根據中央政府頒佈的《「一國兩制」在香港特別行政區的實踐》白皮書，「一國兩制」在香港的實踐如下：

（一）確立香港特別行政區制度

1. 全國人大擁有《基本法》的設立、修改和解釋權

根據《基本法》的規定，全國人大決定香港特別行政區的設立，制定香港《基本法》以規定在香港特別行政區實行的制度，並擁有《基本法》的修改權，包括香港《基本法》的解釋權，對香港特別行政區行政長官產生辦法和立法會產生

辦法修改的決定權以及對香港特別行政區立法機關制定的法律監督權。

全國人民代表大會通過的《全國人民代表大會關於完善香港特別行政區選舉制度的決定》，為香港的選舉制度奠下基礎。特區政府按全國人大常委會於 2021 年 3 月 30 日通過新修訂的《基本法》附件一和附件二，推動修改本地相關選舉法律的工作，完善特區選舉制度。

香港特別行政區直轄於中央人民政府，行政長官向中央人民政府負責。中央政府擁有任命行政長官和主要官員、依法管理與香港特別行政區有關的外交事務、向行政長官發出指令的權力，從而有效地管治香港特別行政區。

香港特別行政區籌備委員會在香港正式回歸前，組建了香港特別行政區第一屆政府推選委員會，推選委員會選舉董建華為香港特別行政區第一任行政長官人選。隨後中央人民政府任命他為特別行政區首任行政長官，確保了中央在香港特別行政區的有效管治。行政長官需每年向中央政府述職，報告《基本法》的執行情況和事項，並由國家領導人予以指導。

中央政府同時設立國務院港澳事務辦公室，作為國務院處理港澳事務的辦事機構，執行「一國兩制」的方針政策和指示，承擔與香港特別行政區政府的工作聯繫。

2. 以「中國香港」的名義參與國際事務

在「一國兩制」下，中央政府一直支持香港特別行政區積極
開展對外交往合作關係，例如支持和協助香港參與國際組
織和國際會議。除此之外，中央政府還支持香港在經濟、
貿易、金融、航運、通訊、旅遊、文化、體育等領域以「中
國香港」的名義，與世界各國和地區及有關國際組織保持
發展關係，簽訂和履行協議。

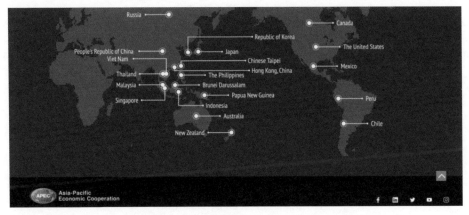

「亞太經合組織」成立於 1989 年，是政府與政府之間的非正式論壇，供
官員討論貿易與經濟事務。其目標為透過推動均衡、包容、可持續、創
新和安全的增長，及加快區內經濟融合，為亞太區人民創造更繁榮的局
面。香港作為特別行政區，獲得中央政府的賦權，在「一國兩制」下，以
「中國香港」名義參與類似「亞太經合組織」等國際組織。

3. 中國人民解放軍駐香港部隊

中央政府早於 1996 年的第八屆全國人大常委會第二十三
次會議通過《中華人民共和國香港特別行政區駐軍法》。自
香港回歸後，人民解放軍便進駐香港，履行保衛香港特別
行政區的安全等職責。駐港部隊堅持依法執行各項防務任
務，包括海空難搜救，不但為維護國家主權和領土完整提

供了有力保障，更為保障香港市民的人身安全負責。另外，駐港部隊更踴躍參加香港社會公益活動，例如開放軍營、舉辦香港青少年軍事夏令營等活動，增進駐港部隊與香港居民的相互了解和信任。

中國人民解放軍駐香港部隊的背景與職責是甚麼？ 駐港部隊從 1993 年初開始組建，1996 年 1 月 28 日組建完畢，1997 年 7 月 1 日 0 時進駐香港，取代駐港英軍接管香港防務，駐港軍費均由中央人民政府負擔。

4.《基本法》下的政治制度

在香港特別行政區成立後，香港一直保持原有資本主義制度和生活方式不變，依法保護私有財產權，保持自由港和單獨關稅區地位、保持財政獨立，實行獨立的稅收制度等。

此外，香港特別行政區依法保護私有財產權，保持自由港和單獨關稅區地位、保持財政獨立，實行獨立的稅收制度等。根據香港《基本法》和全國人大常委會關於處理香港原有法律的決定，香港原有法律將一直保留，令香港特別行政區能實行高度自治，適當地行使行政管理權、立法權、獨立的司法權和終審權。

香港特別行政區行政長官代表香港特別行政區，對中央人民政府和香港特別行政區負責，行政長官需要依法履行《基本法》授予的權力，執行各項職權。此外，香港特別行政區政府由香港永久性居民依照《基本法》所組成，負責管理各項行政事務等職權。

香港特別行政區立法會經選舉產生並根據《基本法》行使職權，例如制定、修改和廢除法律，並根據政府的提案，審核、通過財政預算、批准稅收和公共開支等。香港特別行政區的司法機關能獨立行使審判權，原在香港實行的司法體制都能保留。

（二）香港特別行政區的全面發展

1. 香港居民受到憲法、香港《基本法》以及香港本地法律的保障

香港特別行政區在回歸以來一直充分發揮「一國兩制」的優勢，保持香港的政治、經濟和社會穩定。在發展的同時，香港居民同樣依法享有基本權利和自由，受到憲法、香港《基本法》以及香港本地法律的保障。近年，香港特別行政區通過實施《性別歧視條例》、《種族歧視條例》、《個人資料（私隱）條例》、《獨立監察警方處理投訴委員會條例》、《最低工資條例》等法例，為香港居民的權利和自由提供進一步保障。而原有的機構例如平等機會委員會、個人資料私隱專員公署、申訴專員公署、法律援助署、獨立監察警方處理投訴委員會等繼續保護香港居民的基本權利和自由。

2. 立法機關的認受性

香港經歷了 150 多年的港英政府統治。回歸後，香港特別行政區政府和立法機關由香港人所組成，而且行政長官和立法機關都由本地選舉或協商產生，而香港《基本法》更明確規定行政長官和立法會全部議員最終由普選產生，此法定目標一直是中央與香港所共同追求的願景，讓香港的民

主制度能循序漸進向前發展。

以往的行政長官人選經 400 人組成的推選委員會選舉產生，第二任至第四任行政長官人選經選舉委員會選舉產生，選舉委員會的規模由 800 人增至 1200 人。至今，根據全國人民代表大會 2021 年 3 月 11 日公佈的「完善選舉制度」中有關「香港特別行政區行政長官的產生辦法」的修訂方法，選舉委員會委員增加至 1500 人，並由各界人士組成，更具廣泛性和代表性。

選舉委員來自於社會各界：「工商、金融界，專業界，勞工、社會服務、宗教等界」以及「立法會議員、區議會議員的代表、鄉議局的代表、香港特別行政區全國人大代表、香港特別行政區全國政協委員的代表」。四大界別人士按相同比例組成，具有廣泛代表性和認可性。

香港的立法會選舉制度同樣在不斷完善，在 1998 年立法會選舉產生的立法會包含了 20 名分區直接選舉的議員，30 名功能團體選舉的議員和 10 名選舉委員會選舉的議員。

2000 年，第二屆立法會選舉產生包括 24 名分區直接選舉的議員、30 名功能團體選舉的議員和 6 名選舉委員會選舉的議員。

2004 年選舉產生的第三屆立法會和 2008 年選舉產生的第四屆立法會，分區直接選舉的議員和功能團體選舉的議員各為 30 名。

2012 年第五屆立法會選舉時，立法會議員人數增加至 70 人，分區直接選舉的議員和功能團體選舉的議員各為 35 名，其中新增加的 5 個功能團體選舉議席由區議會議員提名，並經由全港原來沒有功能團體選舉權的選民一人一票選舉產生。

2021 年 3 月 11 日，第十三屆全國人民代表大會第四次會議審議了全國人民代表大會常務委員會關於提請審議《全國人民代表大會關於完善香港特別行政區選舉制度的決定（草案）》的議案。後於 2021 年 3 月 30 日第十三屆全國人民代表大會常務委員會第二十七次會議進行修訂，並議決了《中華人民共和國香港特別行政區基本法附件一：香港特別行政區行政長官的產生辦法》和《中華人民共和國香港特別行政區基本法附件二：香港特別行政區立法會的產生辦法和表決程序》，在 2021 年 3 月 31 日起施行。

「完善選舉制度」的內容是甚麼？

「完善選舉制度」的設計核心是甚麼？

2021 年 12 月 19 日，「完善選舉制度」後的首屆立法會選舉（即第七屆立法會）順利完成。而第七屆立法會也順利組成，這標誌着香港民主與政制的進步發展。

隨着《全國人民代表大會關於完善香港特別行政區選舉制度的決定》通過，落實愛國者治港，香港的政治環境得到極大改善。完善選舉制度後的香港首屆的立法會選舉將出現以往歷屆選舉未見的競爭性，即每個界別不同的議席皆有競爭。

3. 香港經濟一直保持平穩發展，確保經濟增長

在經濟發展方面，香港一直保持平穩發展，確保經濟增長。根據政府統計處數據，1997 年至 2021 年，香港本地生產總值年均增長 2.9%[2]。假如撇除受反修例風波和新冠疫情影響的 3 年，香港本地生產總值年均增長 3.4%，其國際金融、貿易、航運中心地位得以保持和提升。香港作為重要的國際銀行中心、全球第六大證券市場和第五大外匯市場，在多項國際金融中心的世界排名中，都位居前列。

香港是全球第九大貿易經濟體，與世界上幾乎所有的國家和地區保持貿易聯繫。同時，香港也是全球最大的集裝箱港口之一和第四大船舶註冊中心，而且香港國際機場是世界最繁忙的航空港之一，客運量位居全球第五位，貨運量多年高居全球首位，香港保留的傳統優勢讓貿易產業不斷鞏固和發展。

此外，香港更着力培育和發展文化及創意、創新及科技、檢測認證、環保等產業，不斷提升競爭力。由於香港的營商環境一直保持良好的狀態，因此香港是全球公認的最自由經濟體之一。在世界銀行對全球 185 個經濟體營商環境的排名中，香港多年位居前列。根據聯合國貿易和發展會議《2020 年世界投資報告》[3]，香港在吸收外來直接投資方面位居全球第三位。在瑞士洛桑國際管理發展學院《世界競爭力年報》[4] 排名中，香港多年來都被評為全球最具競爭力經濟體之一。

2　《本地生產總值、本地生產總值內含平減物價指數及按人口平均計算的本地生產總值》，2021 年，香港特別行政區政府統計處。

3　《2020 年世界投資報告》，2020 年 6 月，聯合國。

4　《世界競爭力年報》(World Competitiveness Yearbook, WCY) (IMD, 2022)。

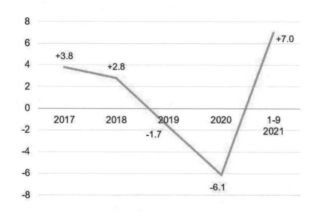

本地生產總值實質增長
按年變動百分率 (%)

（圖表來源：《香港經貿概況》，香港貿易發展局，2022 年 1 月 3 日。）

4. 香港的教育事業一直在亞太地區保持領先地位

教育方面，香港的教育事業一直在亞太地區保持領先地位。近年，香港特別行政區政府持續加大對教育的投入，2014-2015 財政年度教育總支出預算為 753.7 億港元[5]，是政府開支的第一大項目。2008-2009 學年開始在公營學校實施十二年免費教育。在英國泰晤士高等教育研究機構公佈的 2021 年亞洲大學排行榜中，香港大學、香港中文大學和香港科技大學分別佔第四、七、八位，反映香港的教育水平一直處於亞洲的前列。

5　《二零一四至一五財政年度政府財政預算案》，2014 年 2 月 26 日，香港特別行政區政府。

5. 香港居民可以享受公立醫院服務

公共醫療方面，2021-2022 財政年度用於醫療服務的財政預算支出 959 億港元，佔政府經常開支的 18%[6]。香港居民可平等享受價格低廉的公立醫院服務。截至 2012 年底，香港各類醫療衞生機構共有病床 3.55 萬張[7]。香港嬰兒死亡率由 1997 年的 4‰ 下降至 2020 年的 2‰[8]，是全球嬰兒死亡率最低的地方之一。2020 年香港男性與女性的預期壽命分別為 82.2 歲及 87.6 歲，是全球預期壽命最高的地方之一。

男性	各地平均預期壽命排名		女性		
排名	國家/地區	平均壽命	排名	國家/地區	平均壽命
1	香港	82.2	1	香港	87.6
2	瑞士	81.4	2	日本	87.3
3	日本	81.3	3	西班牙	85.7
4	挪威	81.0	4	南韓	85.7
5	瑞典	80.8	5	瑞士	85.4
6	新加坡	80.7	6	法國	85.3
7	冰島	80.6	7	新加坡	85.2
8	意大利	80.6	8	意大利	84.9
9	澳洲	80.5	9	塞浦路斯	84.7
10	西班牙	80.4	10	澳洲	84.6

（圖表來源：《香港蟬聯全球最長壽地區》，香港年金，2020 年。）

6　《二零二一至二二財政年度香港政府財政預算案》，詳見：https://www.budget.gov.hk/2021/sim/pdf/2021-22%20Media%20Sheet.pdf。

7　《「一國兩制」在香港特別行政區的實踐》白皮書（全文），2014 年 6 月 10 日，中華人民共和國國務院新聞辦公室。

8　據香港特區政府衞生署衞生防護中心網頁。https://www.chp.gov.hk/tc/statistics/data/10/27/113.html

6. 香港可以用「中國香港」名義參與國際文藝活動

文化、體育方面，香港中外文化薈萃，特區政府一直鼓勵
文化藝術多元發展，促進相互交流。香港既有盂蘭勝會、
大坑舞火龍、大澳端午龍舟遊涌、長洲太平清醮等四個
獨有項目被列入第三批國家級非物質文化遺產名錄，更於
2008 年協辦北京奧運會馬術比賽項目，2009 年主辦第五
屆東亞運動會。帆板、乒乓球、自行車、武術等項目的運
動員在奧運會、世錦賽、亞錦賽等國際賽場上屢創佳績。
在 2021 年的東京奧運中，香港運動員創下了香港有史以來
最彪炳的成績，在五項運動中共取得一金、兩銀、三銅，
亦有不少運動員打破香港紀錄或創下個人最佳成績。

在「一國兩制」下，香港可以用「中國香港」名義參與奧運。（由黃芷琦、
黃芷珊、歐雲妮合作創作。）

7. 香港擁有多元化的社會保障和福利服務體系

社會方面，香港特別行政區政府在社會福利方面的開支總額由 1997-1998 財政年度的 204 億港元增長到 2020-2021 財政年度預算的 905 億港元[9]，增長了逾 4 倍。香港擁有多元化的社會保障和福利服務體系，社會服務機構共有 400 多家，註冊社工從 1998 年底的 8300 名發展到 2022 年的 26657 名[10]，增長了逾 3 倍。此外，特區政府更積極推動公共房屋建設，協助基層市民入住公共房屋，資助市民自置居所。

香港政府積極興建公屋，努力紓解民眾住房困難。

9　引自社會福利署《社會福利署（社署）的總開支》。網址：https://www.swd.gov.hk/storage/asset/section/4348/tc/2020-21_Total_Expenditure_of_Social_Welfare_Department_(TC).pdf。

10　引自社會註冊局，網址：https://www.swrb.org.hk/tc/statistic_rsw.asp。

「一國兩制」的實踐

1 確立香港特別行政區制度	• 全國人大擁有《基本法》的制定、修改和解釋權。 • 香港特區可以「中國香港」的名義參與國際事務。 • 中國人民解放軍駐香港部隊依法執行各項防務任務，不但為維護國家主權和領土完整提供了有力保障，更為保衛香港特別行政區的安全負責。 • 香港根據《基本法》，制定、維護特別行政區內的政治制度。
2 香港特別行政區的全面發展	• 香港居民同樣依法享有基本權利和自由，受到憲法、香港《基本法》以及香港本地法律的保障。 • 香港特別行政區政府和立法機關由香港人組成。2021 年 12 月 19 日，「完善選舉制度」後的首屆立法會選舉（即第七屆立法會）順利完成。而第七屆立法會也順利組成，這標誌着香港政制的進步發展。 • 香港經濟一直保持平穩發展。 • 香港的教育事業一直在亞太地區保持領先地位。 • 香港居民可以享受公立醫院服務。 • 在「一國兩制」下，香港可以用「中國香港」名義參與國際文藝活動。在 2021 年的東京奧運會上，香港運動員創下了香港有史以來最彪炳的成績，在五項運動中共取得一金、兩銀、三銅，亦有不少運動員打破香港紀錄或創下個人最佳成績。 • 香港擁有多元化的社會保障和福利服務體系。

| 結語 香港必須做「好榜樣」，落實「一國兩制」，促進國家統一。

在「一國兩制」制度下，香港特別行政區不斷地發展進步。然而，在實踐「一國兩制」的同時，國際及香港社會仍然存在對「一國兩制」方針政策和《基本法》的模糊認識和片面理解。過去幾年，香港的一些經濟、社會和政制發展問題，極大部分是與這種誤解有關。舉一個例子，有些國家總是拿着《中英聯合聲明》批評「一國兩制」制度，誣稱中國違反聯合聲明。而事實上，他們根本沒有認真閱讀該份聲明。關於這一點，清華大學法學院教授、清華大學港澳研究中心主任王振民已有清晰的解說。他表示，《中英聯合聲明》根本沒有「民主」、「普選」字眼，「說中國違反聯合聲明，聯合聲明裏面就沒有這個字眼」。

外國錯誤解讀，這尚是可預料之事，畢竟這些國家根本不會認真求證。但是，最讓人痛心的是有些香港人也未知其實，竟然盲目、錯誤地跟隨這些說法。當然，這些誤解很可能不是「無意」，而是「有心」。無論「無意」或「有心」，既然已經回歸了，香港人有責任全面、認真地認識「一國兩制」。

1.「一國兩制」建立在「大一統」的概念上，而「大一統」是中華民族自古堅持的理想。

「一國兩制」的最終目標是國家統一。而國家統一，其實是中華民族二千多年來一直堅持、追求的良好目標。這個目標在先秦時期已經萌芽，並在漢代發展成熟。在漢代，時人稱之為「大一統」。

「大一統」一詞最初見於「春秋三傳」之一的《春秋公羊傳・隱公元年》：「王正月也。何言乎王正月？大一統也。公何以不言即位？」這句話本於《春秋》「元年春王正月」。《春秋公羊傳》在此解釋了「元年」的意義——「元年」是君主即位的第一年，而春天也是一年的第一個季節。周朝的第一個天子周文王制定了天下統一的曆法，訂定天下正朔。「正朔」也是「正統」的意思，它象徵着一個王朝統治、代表中國的合法性與唯一性。而這就是「大一統」。

《春秋公羊傳》強調了「大一統」的意義。西漢是繼秦而來的「大一統」王朝，當時的經學家董仲舒進一步詮釋「大一統」的涵義。《漢書・董仲舒傳》記：「春秋大一統者，天地之常經，古今之通誼也。今師異道，人異論，百家殊方，指意不同，是以上亡以持一統；法制數變，下不知所守」。董氏強調「大一統」是天地之間經常不易之理，也是古往今來的通義。董仲舒在他的著作《春秋繁露・三代改制質文》中，亦深入演繹了這個想法，提出以「改正朔，易服色，制禮樂」等制度之改變，強調天下之一統，確立天子的絕對權威。天子作為上天派予人間的管理者，是唯一能詮釋、代表天命之人，而曆法正是因天時星辰而制定之法度，是天意的人間世展示，故此天子必須牢牢掌握住，以確保「天子」之份位。

漢繼秦而興，雖然已經二朝，但其實距離春秋戰國之世也不過二十餘年，所以當時百家思想仍然活躍。而西漢這一系列「大一統」思想改造活動之後，「大一統」在之後的二千年，慢慢地發展，漸次成為維護國家統一、保障天下太平的思想理念，同時也漸漸地融入中華民族的血脈之中，成為其主要的精神文化內核。

「大一統」讓漢帝國民眾上下一心，漢武帝也可以有更大的管治空間。
（由黃芷琦、黃芷珊、歐雲妮合作創作。）

因此，1978 年，鄧小平提出「一國兩制」方案，便是希望
解決「台灣問題」，加快一統中國的進程。所以，「一國兩制」
的終極目的就是「大一統」，進而實現中華民族偉大復興。

「一國兩制」的成功實施，無疑向全世界人民說明了兩岸是
可以和平統一的。2015 年 11 月 7 日，兩岸領導人習近平
與馬英九在新加坡香格里拉酒店會面，用「世紀之握」的動
作，告知全世界我國對統一的決心。

中國歷史告訴我們唯有「大一統」才對人民安居樂業最有
利，也是人心所向。春秋戰國歷時超過五百年，各國諸侯
的君主、臣民都習慣了分裂的局面。假設「統一」只是秦國
的強力行為，並非羣眾意願，那麼為甚麼秦亡以後，只五

年「楚漢相爭」就馬上進入了漢朝？因為民眾享受過「大一統」的「福利」，所以斷然支持統一，這正表明「大一統」是民心所向！

2. 「一國兩制」實踐的前提：必須從維護國家主權、安全、發展利益，保持香港長期繁榮穩定的根本宗旨出發。

「一國兩制」在香港特別行政區實踐的前提，是務必**從維護國家主權、安全、發展利益，保持香港長期繁榮穩定的根本宗旨出發**，全面準確理解和貫徹「一國兩制」，明白「一國前提，兩制差異」、維護中央全面管治權和保障特別行政區高度自治權、發揮祖國內地堅強後盾作用和提高香港自身競爭力這幾個方面要有機結合起來，任何時候都不能偏離這個原則。

香港特別行政區所享有的高度自治權不是固有的，它的唯一來源是中央的授權，而高度自治權更不是完全自治，亦非分權，而是中央授予的地方事務管理權。高度自治權的多與少，是根據中央政府所授予的權力，中央授予多少權力香港特別行政區就享有多少權力，並不存在所謂的「剩餘權力」。同時，《中華人民共和國憲法》明確規定國家的根本制度是社會主義制度，並規定了國家的基本制度、領導核心和指導思想等制度和原則。堅持「一國」原則，就是必須維護國家主權、安全和發展利益，尊重國家實行的根本制度以及其他制度。

至於「兩制」，是指在「一國」之內，中華人民共和國內地地區主體實行社會主義制度，香港等特別行政區實行資本主

義制度。「一國」是實行「兩制」的前提和基礎,並統一於「一國」之內。「一國」之內的「兩制」不能與前者看齊。

3. 一國兩制能成功嗎?看一看以色列的「一國兩制」。

「一國兩制」不但為香港的繁榮穩定立下了堅實的基礎,同時在尊重香港原有的資本主義下,與香港攜手同行。放眼世界,其實不只香港擁有這種特殊制度。

以色列同樣既實行資本主義制度,又實行社會主義制度。其主體是實行資本主義,然而,在基布茲(Kibbutz)這些社區中,卻實行着社會主義制度。

在基布茲,每位以色列公民須自願放棄個人和家庭的私有財產,並自願按規定工作。放棄個人財產的好處是得到社會主義帶來的福利,例如社區領導組織會幫當地居民支付昂貴的醫療費,以及提供免費教育等。

在以色列政治框架範圍內,基布茲享有自治權,基布茲外的以色列資本主義社會不會違反民主法治原則,也不干涉基布茲合法的民主決策會議決定。2013年,以色列有274個基布茲,工業產值約120億美元,佔全國的9%;農業產值75億美元,佔全國的40%。雖然其他國家也有類似的公社企業,但卻沒有任何國家讓自願組織的集體社區承擔如此獨立的自治權。而以色列的許多精英人物都來自基布茲,自1948年起有四位總理來自基布茲。

基布茲的例子印證了「一國兩制」的成功,也為香港未來點

亮一盞明燈。內地在堅持社會主義制度的同時，也在尊重
和包容香港實行的資本主義制度。另一方面，香港在經濟
發展和社會管理等方面的成功經驗，也有內地可以借鑒之
處。因此，相互尊重，相互借鑒，才能和諧並存，共同發展。

以色列主要是實行資本主義，然而，在基布茲（Kibbutz）這些社區中，
卻實行着社會主義制度。（由黃芷琦、黃芷珊、歐雲妮合作創作。）

**總的來說，「一國兩制」是香港賴以成功的原因。而「一國
兩制」的成功，不但使香港有長足的發展，同時也為「國家
統一」的目標，提供堅實的理論與實踐依據。**

內容提要 | **1** 堅持「一國」的原則，尊重「兩制」的差異，維護中央權力和保障香港特別行政區的高度自治權。

2 在「一國兩制」的原則下，香港與內地能夠做到優勢互補，共同發展。

3 《基本法》的法理基礎是《中華人民共和國憲法》。

4 香港在「一國兩制」下的權利和義務。

5 認識香港在「一國兩制」優勢下和諧發展，在各方面都取得了成就。

6 「一國兩制」的成功，促進了兩岸和平統一。

關鍵概念 | 「一國兩制」 習馬會 兩岸關係 國家主權 國家統一

深度閱讀 |

主題	書名	頁碼
一國兩制與國家統一	《中國夢 復興夢——習近平當選中共中央總書記全球評論與報導選輯》	207-387
	《新時代 新思想——習近平再次當選中共中央總書記、國家主席全球評論與報導選輯》	464-562
	《習馬歷史性會面全球評論與報導選輯》	3-433 763-766

主題	書名	頁碼
	《堅定不移沿着中國特色社會主義道路前進 為全面建成小康社會而奮鬥》（中共十八大報告）	第四章－延伸閱讀 30-32
	《決勝全面建成小康社會 奪取新時代中國特色社會主義偉大勝利》（中共十九大報告）	第四章－延伸閱讀 60-61

延伸問題

是非題

1.《中英聯合聲明》於 1984 年 12 月正式簽署。　　　是 / 非

2. 香港《基本法》於 1997 年 7 月 1 日正式生效。　　是 / 非

3. 在「一國兩制」中，「兩制」是本體。　　　　　　是 / 非

填充題

4. 高度自治怎樣在《基本法》「一國兩制」中體現？「一國兩制」下的高度自治，是在全國人大授權下的自治，香港高度自治的權力是來自　　　　　　的授權。香港享有　　　　　　，獨立的　　　　　　和　　　　　　。

5. 十九大報告指出，要堅持愛國者為主體的　　　　　　，即以　　　　　　為主體的團隊管治香港。

6.「高度自治」基本原則是確立香港原有的　　　　　　不會受影響，與中國內地的　　　　　　共同前進。

問答題

7. 請簡述「一國兩制」的概念。

_____

_____

_____

_____

8. 為何國家會選擇對香港實施「一國兩制」？

_____

_____

_____

_____

(答案見附錄)

中國特色大國外交
與人類命運共同體

讓和平的薪火代代相傳，讓發展的動力源源不斷，讓文明的光芒熠熠生輝，是各國人民的期待，也是我們這一代政治家應有的擔當。中國方案是：構建人類命運共同體，實現共贏共享。

——習近平在聯合國日內瓦總部的演講：《共同構建人類命運共同體》，2017 年 1 月 18 日

一 | 導言

中華民族歷來講求「天下一家」，主張民胞物與、協和萬邦、天下大同，憧憬「大道之行，天下為公」的美好世界。

世界各國人民應該秉持「天下一家」理念，張開懷抱，彼此理解，求同存異，共同為構建人類命運共同體而努力。

——2017 年 12 月 1 日，習近平總書記在中國共產黨與世界政黨高層對話會上的主旨講話。

「民胞物與」，即視人民如同胞，視動物如同類；「協和萬邦」，即將其他各國各族凝聚起來形成合力，使天下不同國家的百姓協作共事、和睦相處。事實上，早在《禮記·禮運》之中，中國人早已表達了這種理想的世界觀。我們講求「推己及人」、「己欲立而立人，己欲達而達人」，但凡是好的東西，我們都樂意跟大家分享。在「大同」的世界中，人與人之間互相幫助，講求利己利人，而非損人利己。在這裏，「人不獨親其親，不獨子其子，使老有所終，壯有所用，幼有所長，鰥寡孤獨廢疾者皆有所養；男有分，女有歸，貨惡其棄於地也不必藏於己，力惡其不出於身也不必為己，是故謀閉而不興，盜竊亂賊而不作，故外戶而不

提示

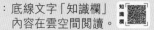
：底線文字「知識欄」內容在雲空間閱讀。

：掃描二維碼，在雲空間閱讀「延伸閱讀」文章。

閉」。用今日的角度去看,「天下大同」既是中國傳統文化
的智慧,也是對當代「推動構建人類命運共同體」的最佳
詮釋。

在「全球化」下,世界是平的,我們在不知不覺間已締結成 一個「人類命運共同體」

2007 年,湯馬斯.佛里曼 (Thomas L. Friedman) 出版了
一本書,叫做《世界是平的:一部二十一世紀簡史》(*The
World Is Flat: A Brief History of the Twenty-first Century*)。在
這本書被翻譯成多國文字後,「世界是平的」和「全球化」
幾乎畫上了等號。「全球化」為我們帶來種種便利和好處。
坐在香港的一隅,我們可以觀賞英國的足球比賽,購買日
韓、法國的美容產品,「全球化」為我們帶來多元化的產
品。而在「全球化」的現象下,全球各國的任何一個細微動
作,都可能對遠在他方的國家帶來重大的影響。隨着現代
科技、通訊的進步,再沒有一個國家能夠置身事外。全球
各國的命運其實是緊緊地繫在一起,全球人類不知不覺間
已締結成一個「人類命運共同體」。

**隨着世界的不斷發展,步入全新世代的同時,國際形勢也
變得更加複雜嚴峻。**於是,習近平總書記帶領黨中央統籌
國內、國際兩個大局,既深化國家的管治體制,更推動建
設全新的國際關係,構建人類命運共同體,推動和平、自
由的普世價值,引領人類進步。

中國自改革開放以來,一直堅持獨立自主的和平外交政
策。隨着國力的發展,外交政策已稍稍調整 —— 在堅持獨

立自主之外，還要展現「中國特色大國外交」。**這是十八大以來，中國領導的普遍共識。習近平總結經驗，審時度勢，力圖創建新時代中國的特色大國外交策略，提出了一系列新理念，並逐漸形成具中國特色，且因時制宜的外交思想。**中國特色大國外交既完善國內、國際兩個層面的策略，更推動着人類命運共同體的構建，這也是實現中華民族偉大復興的一個有機組成部分。

自十八大以來，中國本着「和平共贏」的宗旨，提出全方位的外交佈局，深化與周邊國家的關係，積極參與全球的改革和建設。而這正是聯合國憲章宗旨的最佳實踐 —— 維護和踐行真正的多邊主義，最終構建人類命運共同體。

其後，中共十九屆六中全會通過《中共中央關於黨的百年奮鬥重大成就和歷史經驗的決議》，用「十個明確」對習近平新時代中國特色社會主義思想核心內容作了進一步概括，其中，「中國特色大國外交」是這一核心內容的重要組成部分。

二 ｜ 中國特色大國外交

(一) 背景

中國特色大國外交的出現，是源自於中國實力的變化和國際形勢的轉變。

1991 年蘇聯解體，美國成為了世界唯一的超級大國。由於

其超強的國力，故此在國際外交上佔了主導的地位。然而，隨着中國改革開放政策的成功，中國國力不斷攀升。

在經濟方面，2010 年，中國的國內生產總值（GDP）總量超越日本，成為世界第二大經濟體。2017 年，中國的 GDP 已經達至 82.7 萬億元人民幣，穩居世界第二，佔全球經濟比重約 15%。到了 2019 年 6 月，中國外匯儲備總額更升至 31192.3 億美元，位居全球第一。

國產新能源汽車裝配車間。

在軍事方面，根據斯德哥爾摩國際和平研究所報告，中國在 2020 年世界十大軍費大國中排名第二，位列美國之後。[1] 而根據該研究所的數據顯示，軍費開支佔 GDP 比例，最

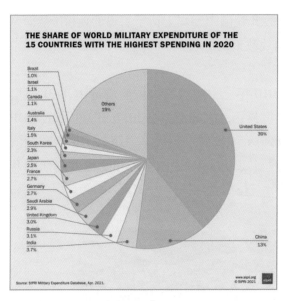

圖：世界各國軍事支出佔比 [2]

高的美國是 3.7%，而中國僅佔 1.7%， [3] 可見中國並非窮兵
黷武。

改革開放四十多年，中國綜合國力與日俱增，躍升世界強
國之列。中國在國際上擁有更多的話語權，有能力在國際
事務中發揮重大而廣泛的影響力，在多極化國際格局中更
好維護國家整體利益。**中國特色大國外交**也由此形成。

2   Stockholm International Peace Research Institute, https://www.
     sipri.org/research/armament-and-disarmament/arms-and-military-
     expenditure/military-expenditure .

3   Military expenditure by country as percentage of gross domestic
     product, 1988-2020, https://sipri.org/sites/default/files/Data%20
     for%20all%20countries%20from%201988%E2%80%932020%20
     as%20a%20share%20of%20GDP%20%20%28pdf%29.pdf.

圖：軍費開支佔 GDP 比例 [4]

（二）原因

隨着中國外交實力不斷提升，中國與其他國家的相互合作也隨之加深。因應這個現象，中國提倡與他國共建「互利共贏」的局面，強化彼此的聯繫。 2014 年 11 月 28 日，習近平主席在中央外事工作會議上發表講話，提到**中國必須有自己的特色大國外交，由「發展中大國」慢慢變成「發展中強國」，並要對全球具有影響性，既要專注於中華民族偉大的復興夢，更要推動人類命運共同體的發展，帶領世界一同進步。**

中國特色大國外交是中國自中共十八大以來制定的外交方略。以習近平為核心的中共中央統籌**「兩個大局」——「中**

4   Stockholm International Peace Research Institute, https://www.
sipri.org/research/armament-and-disarmament/arms-and-military-
expenditure/military-expenditure .

華民族偉大復興戰略全局」和「世界百年未有之大變局」，深刻研判國際形勢走向和中國所處歷史方位，完善外交佈局，推進國家和世界的發展，爭取良好的國際環境。

關於推動中國特色大國外交的原因，我們可以參考《人民日報》2021 年 11 月 26 日刊登的**《推動構建人類命運共同體 (學習貫徹黨的十九屆六中全會精神)》**一文 (下表介紹了其主要內容)：

原因	解讀
一、回應國際社會的期望：國際社會殷切期待中國的大國外交發揮積極建設性作用	• 在「一超多強」的二十年間，美國並沒有把世界引向更加繁榮，反而使自身因權力的濫用陷入困境。美國的錯誤在於：其一，濫用武力，導致反恐擴大化，從而自陷困境；其二，美式霸權始終沒有解決與他國對立的問題。美國試圖繼續謀求國家利益最大化，而導致美國與多國處於對立狀態；其三，美國正在喪失活力。在制度性霸權陷入困境、全球影響力相對下降的情況下，美國變得更加利己自私、保守和封閉，在國際制度變革與完善的過程中畏手畏腳，排他性、小團體、富人俱樂部的思想濃厚。美國在全球的聯盟體系基本上由發達國家組成，七國集團峰會 (G7) 只限於發達國家，美國在東亞戰略的實質還是拉幫結派以阻止他國發展的方式來促進自身發展。總之，美式霸權陷入治理困境，國際社會期待包括中國在內的新興發展中國家發揮積極的建設性作用。 • 在一些國家不斷出現貿易保護主義、國家至上論的時候，2017 年 1 月 18 日，中國國家主席習近平在瑞士達沃斯經濟論壇的講話中，對於如

何進一步推進經濟全球化，促進國際貿易關係以及中國如何發揮更大的引領作用指明了方向，提振了世人的信心。無論是傳統歐洲發達國家還是新興發展中國家都一致看好中國能發揮的建設性作用，期待中國發揮更大的帶動作用，儘快幫助世界經濟走出 2008 年以來的經濟危機的困境。

二、新的形勢和任務促使中國進行相應的調整

- 當前，國際格局仍處於深刻的轉型之中，處在新的歷史發展階段的中國要認清形勢、把握機遇、迎頭而上，完成神聖的歷史使命，推進歷史進程，完善現有的國際體系。如何提升中國國際地位，創造性運用國際影響力，成為國際體系變革的關鍵，也成為中國特色大國外交的重要突破口。

- 新形勢下的中國外交涉及一系列前所未有的複雜問題。涉及全球經濟復蘇問題、能源問題、金融問題、全球治理困境等，還涉及全球氣候變化、生態安全等艱巨責任，另外，像互聯網安全、大數據等新技術領域，也面臨新的機遇與挑戰。

- 當今世界，全球化不斷深入並朝更高水平發展，而全球化帶來的各種問題也日益凸顯。世界從未像今天這樣成為一個緊密聯繫的整體。同時，中國在全球經濟體系中實現了經濟騰飛，與世界各地建立了廣泛的聯繫，並一躍成為世界第二大經濟體，但在快速發展中也伴隨着一些問題的出現。中國和其他新興經濟體的集體崛起深刻地影響了世界政治格局，國際秩序進入了加速重組時期。國際、國內的一系列新形勢、新問題、新挑戰要求中國外交做出相應的調整，以更好地服務中國改革發展的大局。中國外交正逐漸從反

應式、被動式轉變為更加積極，更加主動。中國特色大國外交與西方國家的霸權主義或強權外交截然不同。中國特色大國外交是在明辨國內外形勢之後，結合自身和相關國家利益，深刻認識問題的複雜性和聯動性，在新的原則和理念上建立起來的大國外交戰略。

- 中國的復興必然不同於傳統大國。作為一個大國，中國必須具有其自身特色。大國的歷史、現實和人文稟賦決定了每一個大國都是與眾不同的，每一個大國都有其自身特點，每一個大國都要走符合自身特點的發展道路。歷史傳承與歷史遭遇、民族使命、文化稟賦、國內與國際環境客觀上要求中國特色大國外交必須具有鮮明的中國特色。

三、中國自覺有推動國際秩序向着更加公正合理的方向發展的責任。

- 破解傳統大國發展瓶頸和大國興衰周期律的關鍵之一，就是牢牢把握「共同性」這個核心，解決好自我與他者的關係問題。人類命運共同體概念的提出和推進，就是中國共產黨人承載人類歷史使命為人類未來發展提出的宏大命題和偉大目標。人類命運共同體關注的是各國如何在解決自身發展問題的同時，解決人類面臨的共同挑戰，致力於實現人類利益與國家利益的有機協調和有效相互促進。而人類利益與國家利益如何更好地協調在一起，是歷史上大國沒有解決好的問題。中國不同於歷史上的崛起大國，歷史上那些崛起大國以損害別國利益來謀取大國自身利益的做法，已被證明是行不通的。推進國際關係發展的法寶是互利共贏而不是相互損害。

- 在推進人類命運共同體這個中國特色大國外交的宏大目標指引下，中國提出了一系列保護海外利益和推動世界繁榮的新理念、新方式。十八

大以來中國圍繞着「和平與發展」這一時代主題，提出了新型發展觀、合作觀、安全觀、義利觀、秩序觀、治理觀、文化觀等，豐富和發展了中國外交思想的內涵，也為國際社會貢獻了具有東方文化智慧的大國思想。而在實踐層面，中國外交更是不斷創新與努力探索。亞太自貿區的構想、「一帶一路」的倡議，絲路基金和亞洲開發銀行都是中國特色大國外交新方式的充分體現，也是中國放眼人類、着力於世界整體發展的大手筆、大戰略。G20 機制與金磚機制平台、APEC 機制也是中國正在努力推動的世界範圍內的合作平台。

（三）解構

中國特色大國外交的核心是推進人類命運共同體的構建。中國崛起，不免會讓一些國家擔憂，因此明確的提出「人類命運共同體」的概念是對世界各國展示一個友好的姿態，並且也是「自我與他者的關係問題」的最好答案。中國特色大國外交既符合時代要求，又切合今日國情的外交策略。下面，讓我們用圖表解構中國特色大國外交的理念：

概念	解構
中國特色大國外交是面向全球的外交	• 以國際化促進新一輪的改革開放。 • 推動和幫助別國的開放和國際化。 • 改革開放以來的新中國需要考慮如何建立自己的強國戰略。形成新的全球世界觀，體現了中國對國際政治、全球事務新角色的重新認識和新的世界意識的出現。

中國特色大國外交是基於中國作為大國而展開的外交	• 本着大國的責任和擔當，對人類社會作出更大貢獻。 • 中國不會與世界上其他大國爭奪主導權和霸權。 • 中國特色大國外交謀求聯合自強與合作，不僅是謀求自身的壯大與發展，同時也要推動人類社會的繁榮與發展。
中國的大國外交改變原有的雙邊外交模式	• 重視多邊外交策略。 • 重視區域和全球範圍的事務。 • 重視綜合和整體的考量，例如經濟與政治的結合。
中國國際地位的提升和國際身份的轉變	• 要求中國具有責任意識和責任能力。 • 在外交上表現為從只集中於國內的「發展外交」，轉變為承擔更多國際責任。 • 走出一條不同於西方的大國外交之路。

除了《推動構建人類命運共同體（學習貫徹黨的十九屆六中全會精神）》，我們還可以從**《中共中央關於黨的百年奮鬥重大成就和歷史經驗的決議》**了解中國特色大國外交。

2021 年 9 月 10 日，中共中央在中南海召開座談會，中共中央總書記習近平於座談會中發表重要講話，強調中央要繼續團結帶領全國各族人民實現第二個百年奮鬥目標，全面總結在百年歷程中取得的探索和經驗，並於 2021 年 11 月 11 日，通過《中共中央關於黨的百年奮鬥重大成就和歷史經驗的決議》。

在《中共中央關於黨的百年奮鬥重大成就和歷史經驗的決議》中，習近平多次提到了在外交工作上，中國特色大國外

交要全面推進，構建人類命運共同體，引領時代潮流的發展和人類前進的方向，開創全新的外交策略，倡導和堅持和平共處五項原則，堅定維護國家獨立、主權、尊嚴，支持和援助世界被壓迫民族解放事業、新獨立國家建設事業和各國人民正義鬥爭，反對帝國主義、霸權主義、殖民主義、種族主義，徹底結束了舊中國的屈辱外交。

下面，我們把《中共中央關於黨的百年奮鬥重大成就和歷史經驗的決議》關於外交部分，整理成六個要點，讓大家更好地了解中國特色大國外交的重點發展方向和理念：

- 改革開放以後，黨堅持獨立自主的和平外交政策，為中國發展營造了良好外部環境，為人類進步事業作出重大貢獻。
- 進入新時代，國際力量對比深刻調整，單邊主義、保護主義、霸權主義、強權政治對世界和平與發展威脅上升，逆全球化思潮上升，世界進入動盪變革期。
- 面對複雜嚴峻的國際形勢和前所未有的外部風險挑戰，必須統籌國內國際兩個大局，健全黨對外事工作領導體制機制，加強對外工作頂層設計，對中國特色大國外交作出戰略謀劃，推動建設新型國際關係，推動構建人類命運共同體，弘揚和平、發展、公平、正義、民主、自由的全人類共同價值，引領人類進步潮流。
- 新時代的外交工作大局，緊扣服務民族復興、促進人類進步這條主線，高舉和平、發展、合作、共贏的旗幟，推進和完善全方位、多層次、立體化的外交佈局，積極發展全球夥伴關係。
- 中國積極參與全球治理體系改革和建設，維護以聯合國為核心的國際體系、以國際法為基礎的國際秩序、以聯合國憲章宗旨和原則為基礎的國際關係基本準則，維護和踐行真正的多邊主義，堅決反對單邊主義、保護主義、霸權主義、強權

政治，積極推動經濟全球化朝着更加開放、包容、普惠、平衡、共贏的方向發展。

- 經過持續努力，中國特色大國外交全面推進，構建人類命運共同體成為引領時代潮流和人類前進方向的鮮明旗幟，中國外交在世界大變局中開創新局、在世界亂局中化危為機，中國國際影響力、感召力、塑造力顯著提升。

習近平主席於 2015 年的博鰲論壇年會提出中國的發展與亞洲是互動、互生、互利、共贏的關係。博鰲亞洲論壇秘書長周文重介紹，國家主席習近平和各國領導人將出席 2015 年年會開幕式，出席本屆年會的領導人規模將超過歷屆。

（四）特色

特色	解構
源自中國傳統文化，與時並進	• 根植於中國傳統文化土壤。 • 基於過往的實踐和探索，不斷創新。 • 具有獨特性和現實操作性。 • 贏得國際社會的接受和響應。
具有大國特色	• 中國是一個發展中大國，承擔着大國責任。 • 強調大國視野、整體佈局、創新驅動。 • 具有全球影響的戰略規劃與佈局。 • 核心是開創一個新型大國的創新發展道路。
理念創新	• 具有和平性、發展性。 • 探索中國特色和平理論。 • 弘揚中國傳統文化中的公平正義、和合、多元文化共存的傳統理念。 • 解決當今世界觀念差異和制度差異。 • 創建以共贏為核心的中國特色合作理論。

延伸閱讀

習近平主席於 2015 年的博鰲論壇年會，宣揚亞洲「命運共同體」理念和「一帶一路」願景與行動。 從「一帶一路」到「命運共同體」，中國正把相當大的外交精力放在重新塑造周邊外交上。多個新倡議使得中國學者認為，周邊外交已經取代中美關係，成為中國外交政策中最重要的工作重點。

三 ｜ 構建人類命運共同體

「構建人類命運共同體」是中國特色大國外交的理論和實踐核心。在國與國的相處過程中，難免會有分歧，但只要本

着「構建人類命運共同體」的宗旨，進行溝通和協調，將能有效地減少衝突，消除歧見。2017 年 12 月，在中國共產黨與世界政黨高層對話會上，習近平發表了有關「構建人類命運共同體」的美好願景：「人類命運共同體，顧名思義，就是每個民族、每個國家的前途命運都緊緊聯繫在一起，應該風雨同舟，榮辱與共，努力把我們生於斯、長於斯的這個星球建成一個和睦的大家庭，把世界各國人民對美好生活的嚮往變成現實。」

那麼如何才能構建人類命運共同體？

習近平認為主要有四點：

1. 建設一個遠離恐懼、普遍安全的世界；
2. 建設一個遠離貧困、共同繁榮的世界；
3. 建設一個遠離封閉、開放包容的世界；
4. 建設一個山清水秀、清潔美麗的世界。

面對世界經濟的複雜形勢和全球性問題，任何國家都不可能獨善其身。「命運共同體」是中國關於人類社會的新理念，以應對世界多極化、經濟全球化、文化多樣化和社會信息化的不斷變化。

同時，世界也正面臨糧食安全、資源短缺、氣候變化、網路攻擊、人口爆炸、環境污染、疾病流行、跨國犯罪等安全問題，這些嚴峻的問題對國際和人類生存構成挑戰。因此，不論國籍、信仰，實際上全球的人類都處於一個命運共同體中，**我們需要並亟需發展一套全新的全球價值觀，**

以應對人類的共同挑戰。

中國要把握世界大勢，跟上時代潮流，營造世界和地區秩序，推動建設人類命運共同體。歷史，總是在一些重要時間節點上更能勾起人們的回憶和反思。「命運共同體」之所以引起廣泛共鳴，就是因為它承載了亞洲共同的歷史經驗和發展智慧。

延伸閱讀

人類命運共同體的價值觀基礎 [5]

價值觀	闡釋
國際權力觀	<ul><li>國家與國家之間為爭奪權力發生了無數的戰爭與衝突。</li><li>隨着經濟全球化深入發展，資本、技術、信息、人員跨國流動，世界處於相互依存的狀態，一國經濟目標能否實現與別國的經濟波動有重大關聯。</li><li>各國在相互依存中形成了一種利益紐帶，要實現自身利益就必須維護現存的國際秩序。</li><li>各國可以通過國際體系和機制來維持、規範相互依存的關係，從而維護共同利益。</li></ul>
共同利益觀	<ul><li>經濟全球化促使人們對傳統的國家利益觀進行反思，各國利益的高度交融使不同國家成為一個共同利益鏈條上的一環。</li><li>任何一環出現問題，都可能導致全球利益鏈中斷。</li><li>全球的利益同時也就是自己國家的利益，一個國家採取有利於全球利益的舉措，也就同時服務了自身利益。</li></ul>

5　整理自《求是》專題文章《人類命運共同體的價值觀基礎》，期號 2013/04。

可持續發展觀	• 人類開發和利用自然資源，但接踵而至的環境污染和極端事故也給人類造成巨大災難。唯有珍惜自然資源，減少環境污染，才能持續地發展。 • 可持續發展不僅是理念，更是中國政府的行動綱領和具體計劃，而且在國際上已經獲得了巨大的認同。
全球治理觀	• 全球治理理論的核心觀點是強化國際規範和國際機制，以形成一個具有機制約束力和道德規範力的、能夠解決全球問題的「全球機制」。 • 中國秉承共商共建共享的全球觀，積極參與全球治理體系改革與建設，並堅定維護以《聯合國憲章》的宗旨和原則為核心的國際秩序和國際體系，推進國際關係民主化，支持聯合國發揮積極作用，支持廣大發展中國家在國際事務中的代表權和發言權，建設性參與國際與地區熱點問題的解決進程，積極應對各類全球性挑戰，維護國際和地區和平穩定。 • 中國將繼續發揮負責任大國作用，不斷為完善全球治理貢獻中國智慧和力量。 • 和諧世界觀包括五個維度，即政治多極、經濟均衡、文化多樣、安全互信、環境可續。 • 國際社會存在的各種價值觀仍主要服務於不同國家的現實利益，人類命運共同體的建設仍是一個長期、複雜和曲折的過程。

在經濟全球化的國際環境下，中美關係複雜化，兩國應持續和平發展合作，帶來更多的合作與責任、互利與共贏。 同中國改革開放 30 多年創造的經濟騰飛的奇蹟相媲美，1972 年尼克松訪華後的 40 年中美兩國共同創造的中美關係，同屬一個曠世奇蹟。在人類歷史上，兩個大國的雙邊關係在短時間內如此迅猛發展，實在沒有他例。

人類命運共同體改變國際關係。 2015 年 10 月，習近平主席在出席聯合國成立 70 週年系列峰會演講中，繼新型大國關係之後，進一步提出了以合作共贏為核心的新型國際關係、打造人類命運共同體的重要理念，並在一系列雙邊和多邊外交場合以及重要涉外會議上，闡述、踐行和豐富這一對外關係的新理念。

疫情席捲全球，使人們對人類是命運共同體有了更真切的感受。

結語

唐高祖李淵本來只是太原留守，稱臣於隋楊，後來隋末民變四起，李淵也就成為了一股地方軍閥力量。對於李淵來說，他的外交只是如何在諸多軍閥之間周旋，頂多是跟外族突厥做一些政治交易、軍事聯盟。後來，隨着李淵成為唐朝的天子，他的外交政策開始需要改變。到了他兒子唐太宗李世民的時候，唐朝迎來貞觀之治。

貞觀之治是唐朝的盛世，用北宋歐陽修的說法，是「三代以還，中國之盛未之有也」。這時候，唐太宗李世民要負責的，不只是唐朝的國民，還有四周翹首以盼的外族百姓。這大概就是美國電影《蜘蛛俠》所說：「能力越大，責任越大」（With great power comes great responsibility）。於是，李世民順應天命，推出唐朝版「中國特色大國外交」。

唐朝版「中國特色大國外交」的主旨是「視四海如一家」（《資治通鑑・唐紀八・武德九年》），把外族百姓視為中國子民。李世民認為「夷狄亦人耳，其情與中夏不殊。人主患德澤不加，不必猜忌異類。蓋德澤洽，則四夷可使如一家；猜忌多，則骨肉不免為仇敵。」（《資治通鑑・唐紀十三・貞觀十八年》）李世民以仁和寬厚的胸懷處理外交事務，既協調了當時的國際關係，亦彰顯了唐代社會發展高度的自信心和開放度。因此，周遭四夷無不賓服，共尊唐太宗為「天可汗」——意為「天下總皇帝」。

時至今日，新中國經歷了 70 多年的發展，早已從「一窮二白」走了出來。在上世紀 90 年代初，鄧小平提出了「韜光

養晦，有所作為」八字外交戰略方針。到了今天，中國早已成為了世界第二大經濟體，「能力越大，責任越大」，因此，中國的外交也由「韜光養晦」轉變為「中國特色大國外交」。

這種轉變符合歷史邏輯，也是現實需要，尤其在今日「全球一體化」的情況下，中國不能依舊「獨善其身」，必須想想如何「兼濟天下」。中國是四大文明古國之一，作為一個擁有 14 億多人口的大國，國土面積列居世界第三，是世界上最大的發展中國家，一舉手、一投足，都足以撼動世界秩序，所以必須在國際事務中發揮影響力，在多極化國際格局中更好平衡各方利益。唐朝「視四海如一家」，今日中國亦視世界各國為「人類命運共同體」，尊重世界各國相互依存和人類命運緊密相聯的客觀規律，務求共建美好世界，並為全球治理體系改革和建設不斷貢獻中國的智慧。

「構建人類命運共同體」並不是一個口號，而是中國念茲在茲的理想。2020 年 9 月 10 日，中華人民共和國外交部發佈了《中國關於聯合國成立 75 週年立場文件》，就聯合國作用、國際形勢、可持續發展、抗疫合作等問題闡述中方立場和主張。文件重點指出，各國要着眼「後疫情時代」，理解和分析人類將面對什麼樣的世界、世界需要什麼樣的聯合國等重大問題。同時，立場文件所提出的中國立場與中國主張，正是反映中國的人類命運共同體理念，讓世界看見中國於國際之間的責任。

最後，讓我們以 2022 年北京冬奧會開幕式作為總結。那一天，雪花萬千，爭妍鬥麗，一片片刻有參賽國家和地區名字的「小雪花」，慢慢地匯聚為一朵「大雪花」，寄寓了中國「世界大同，天下一家」的理念。二千多年前，儒家經典《禮

記‧禮運》便具體描述了我國對「大同」的追求：

大道之行也，天下為公，選賢與能，講信修睦，故人不獨親其親，不獨子其子，使老有所終，壯有所用，幼有所長，鰥寡孤獨廢疾者皆有所養；男有分，女有歸，貨惡其棄於地也不必藏於己，力惡其不出於身也不必為己，是故謀閉而不興，盜竊亂賊而不作，故外戶而不閉，是謂大同。

「大同世界」是二千年來我國歷朝歷代統治者一直追求的目標。像習近平主席所說：「人類生活在同一個地球村裏，生活在歷史和現實交匯的同一個時空裏，越來越成為你中有我、我中有你的命運共同體」；在地球村的你我早已是在同一葉小舟之上，只有和衷共濟，才能一同渡至彼岸。

內容提要 | **1** 中國特色大國外交的出現，是源自於中國實力變化和國際形勢轉變。

2 世界進入 21 世紀的第二個十年，全球化、文化多樣化一直在快速崛起，國際格局同時也在不斷演變，世界正處於大變革中。

3 中國特色大國外交要全面推進，構建人類命運共同體，引領時代潮流的發展和人類前進的方向，開創全新的外交策略，倡導和堅持和平共處五項原則。

4 人類命運共同體，顧名思義，就是每個民族、每個國家的前途命運都緊緊聯繫在一起，應該風雨同舟，榮辱與共，努力把我們生於斯、長於斯的這個星球建成一個和睦的大家庭，把世界各國人民對美好生活的嚮往變成現實。

5 「一帶一路」依靠中國與有關國家既有的多邊機制，借用既有的、行之有效的區域合作平台。

關鍵概念 | 大國外交　經濟全球化　文化多樣化　世界多極化　社會信息化　人類命運共同體　一帶一路

深度閱讀 |

主題	書名	頁碼
中國特色大國外交	《習近平訪美全球評論與報導選輯》	98-101 153-160
	《習近平訪俄全球評論與報導選輯》	124-131
	《習近平訪歐全球評論與報導選輯》	719-724
	《習近平訪非拉全球評論與報導選輯》	302-304

主題	書名	頁碼
	《習近平訪大洋洲全球評論與報導選輯》	331-335 629-632
	《習近平：2014 中國主場外交全球評論與報導選輯》	407-409 737-741
	《習近平訪美暨出席聯合國峰會全球評論與報導選輯》	22-25 77-79
	《習近平訪英全球評論與報導選輯》	746-748
	《習近平：2015 中國主場外交全球評論與報導選輯》	230-233 297-306 551-553
	《習近平：2016 中國主場外交全球評論與報導選輯》	68-71 526-532
	《習近平訪亞非歐美14 國暨出席國際會議全球評論與報導選輯》	302-304 544-545 1064-1066
	《習近平：2017 中國主場外交全球評論與報導選輯》	549-552
	《習近平訪歐美亞8 國暨首次習特會全球評論與報導選輯》	132-134 440-441 931-933 1064-1066 1167-1169 1292-1303

主題	書名	頁碼
	《新時代 新思想——習近平再次當選中共中央總書記、國家主席全球評論與報導選輯》	506-509 601-603 830-833 1065-1067
	《習近平：2018 中國主場外交全球評論與報導選輯》	15-20
	《習近平：2018 外訪暨出席國際會議全球評論與報導選輯》	761-764
	《習近平：2019 中國主場外交全球評論與報導選輯》	532-535
	《習近平：2019 外訪暨出席國際會議全球評論與報導選輯》	466-469 1052-1057 1260-1263
人類命運共同體	《習近平訪美暨出席聯合國峰會全球評論與報導選輯》	代序 12-17 後記 1-21
	《習近平：2015 中國主場外交全球評論與報導選輯》	307-309
	《習近平：2016 中國主場外交全球評論與報導選輯》	80-83

主題	書名	頁碼
	《習近平訪亞非歐美 14 國暨出席國際會議全球評論與報導選輯》	367-374 1166-1176 1238-1241 1284-1291 1292-1296
	《習近平：2017 中國主場外交全球評論與報導選輯》	140-147 148-154 810-812
	《習近平訪歐美亞 8 國暨首次習特會全球評論與報導選輯》	123-127 274-276
	《新時代 新思想——習近平再次當選中共中央總書記、國家主席全球評論與報導選輯》	461-463 1637-1639
	《習近平：2018 中國主場外交全球評論與報導選輯》	479-484
	《習近平：2018 外訪暨出席國際會議全球評論與報導選輯》	497-499
	《習近平：2019 中國主場外交全球評論與報導選輯》	602-604
	《習近平：2019 外訪暨出席國際會議全球評論與報導選輯》	531-534 1117-1118

主題	書名	頁碼
	《人民至上 生命至上 —— 習近平領導中國 抗擊新冠肺炎疫情全 球評論與報導選輯》	861-864 1334-1336 1667-1674 1746-1748 1930-1934 1952-1955 2047-2049 2139-2141 2233-2235

 延伸問題

是非題

1. 自十八大以來，中國本着「和平共贏」的宗旨，提出全方位的外交佈局，深化與周邊國家的關係，積極參與全球的改革和建設。　　　　　　　　　　　　　是 / 非

2. 中國特色大國外交的出現，是源自於中國實力的變化和國際形勢的轉變。　　　　　　　　　　　　是 / 非

3.「構建人類命運共同體」是由聯合國建立的理論和實踐。國與國的相處過程中，難免會有分歧，但只要本着「構建人類命運共同體」的宗旨，進行溝通和協調，將能有效地減少衝突，消除歧見。　　　　　　　　　　是 / 非

填充題

4. 世界進入 21 世紀的第二個十年，_____、_____
   一直在快速崛起，國際格局同時也在不斷演變，世界正
   處於大變革中。

5. 中國特色大國外交要全面推進，構建_____，
   引領時代潮流的發展和人類前進的方向，開創全新的外
   交策略，倡導和堅持_____五項原則。

問答題

6. 請簡述中國特色大國外交的提出原因。

   _____

   _____

   _____

   _____

7. 為甚麼每位世界公民都需要共同踐行「人類命運共同體」
   的理念？

   _____

   _____

   _____

   _____

（答案見附錄）

6

「一帶一路」倡議

我提出共建「一帶一路」倡議，旨在傳承絲綢之
路精神，攜手打造開放合作平台，為各國合作
發展提供新動力。

—— 習近平於亞太區域國際合作高級別會議發
表的講話，2021 年 6 月 23 日

一 | 導言

大約一千三百年前，即公元 717 年，那時是中國唐朝開元五年，一個叫做阿倍仲麻呂的日本人，作為「遣唐使」來到中國留學。

阿倍仲麻呂出生於日本奈良附近的一個貴族家庭，到中國後，他來到了唐東都洛陽，獲得唐玄宗御准於國子監學習。學成以後，阿倍仲麻呂更加傾慕中國文化，於是取了一個漢人名字 —— 晁衡。晁衡後來還參加科舉考中了進士，成為洛陽司經校書，負責典籍整理，官秩正九品下。

晁衡交遊遍天下，王維、李白、儲光羲都是他的好朋友。天寶十二年 (753 年)，晁衡回國期間，有消息傳出，指他在海上遇難。李白聽到以後，悲慟萬分，隨即揮淚寫下了千古名篇《哭晁卿衡》。詩云：「日本晁卿辭帝都，征帆一片繞蓬壺。明月不歸沉碧海，白雲愁色滿蒼梧。」

天寶十四年，晁衡返回中國，歷仕玄宗、肅宗和代宗三朝，最後逝於長安，並葬於當地，享年 72 歲。其後，唐代宗追贈晁衡為二品潞州大都督，以表彰他對中日交流的貢獻。今日，我們在洛陽紫微城應天門遺址的「日本國遣隋使遣

唐使訪都之地」紀念碑亭，便可以看到阿倍仲麻呂（即晁衡）的名字。

當日，晁衡從日本到唐朝的路線，其實就是「東方海上絲綢之路」，它與「南海海上絲綢之路」一起組成名動天下的「海上絲綢之路」。前者，主要在山東半島和長江口（蘇州、明州）登陸，是漢代至唐朝初期，朝鮮半島諸國、日本與中國的官方往來、朝貢貿易的航線；後者，主要在寧波、泉州和廣州三個港口出發，經中南半島和南海諸國，穿過印度洋，進入紅海，抵達東非和歐洲，主要貿易品是陶瓷和香料，所以法國東方學家沙畹稱之為「海上陶瓷之路」和「海上香料之路」。

阿倍仲麻呂（即晁衡）繪像

海上絲綢之路的雛型在秦漢時期已經形成，《漢書·地理志下》載有中國東南沿海至印度半島的海上絲綢之路：

自日南（越南）障塞、徐聞（廣東）、合浦（廣西）船行可五月，有都元國（蘇門答臘）；又船行可四月，有邑盧沒國（緬甸）；又船行可二十餘日，有諶離國（緬甸伊洛瓦底江沿岸）；步行可十餘日，有夫甘都盧國（緬甸伊洛瓦底江中游卑謬附近）。自夫甘都盧國船行可二月餘，有黃支國（印度），有譯長，屬黃門，與應募者俱入海市明珠、璧流離、奇石異物，齎黃金雜繒而往⋯⋯黃支船行可八月，到皮宗[1]；船行可三月，到日南象、林界云。黃支之南，有已程不國（斯里蘭卡），漢之譯使自此還矣。

《漢書‧地理志下》記載了漢朝的海上貿易路線。它的起點是漢朝境內的越南、廣東、廣西一帶，終點是漢朝境外的印度、緬甸等國。而當時的貿易商品主要是明珠、琉璃、奇石異物、黃金和絲織品，所以稱之為「海上絲綢之路的雛型」。

晁衡走的是海上絲綢之路，但是在唐朝以前，其實是陸上絲綢之路更吃香。

陸上絲綢之路起源於西漢時期（前202年–8年），起點在漢朝首都長安（今西安），途經甘肅、新疆，抵達中亞、西亞，以及地中海各國。由於這條貿易古道初期以中國絲綢為主要商品，所以1877年，德國地質地理學家李希霍芬在其著作《中國》一書中，把「從公元前114年至公元127年間，

---

1 皮宗，古代地名，是古代東西方海上交通要地。有關皮宗的地址，有四種説法：(1) 在今新加坡西面的皮散島（Pulau Pi-Sang）；(2) 在今印度尼西亞蘇門答臘島東部寬坦河口的皮散島（PisangI.）；(3) 在今蘇門答臘島北部；(4) 在今馬來半島克拉地峽的帕克強河（Pakehan R.）口。

中國與中亞、中國與印度間以絲綢貿易為媒介的這條西域交通道路」命名為「絲綢之路」，這一名詞很快被學術界和大眾所接受，並正式運用。

從西漢至唐末，絲綢之路都是中國與世界各國各地區貿易的重要路線。除了貿易，這裏也是中外文化的主要通道。《三國志・倭人傳》裴松之注引魚豢《魏略》提及「天竺」有一太子名為「浮屠」，他母親「夢白象而孕，及生，從母左脅出，生而有結，墮地能行七步」。這裏的「浮屠」，是梵文 Buddha 的音譯，即是後世所稱「佛陀」。魚豢在《魏略》還說明了佛教傳入中國的經過：「天竺有神人，名沙律。昔漢哀帝元壽元年，博士弟子景盧受大月氏王使者伊存口授《浮屠經》曰復立者其人也。」

雖然，不少史學家認為魚豢這本書只是「小說家者言」，不能盡信，但可以肯定的是，佛教最遲於東漢明帝時已正式傳入中國，這從《魏書》記明帝「立白馬寺於洛城雍關西」一事可證。同時，也可以肯定絲綢之路也是中外文化交流的重要路線。

到了唐代，絲綢之路的文化交流功能達至高峰。《大唐西域記》記載高僧玄奘由絲綢之路經中亞往印度取經、講學，歷時十六年。而西安碑林現存的《大秦景教流行中國碑》也記載了景教（基督教聶斯脫里派）在唐初由東羅馬帝國傳入中國。除了

景教，還有祆教（瑣羅亞斯德教，又譯作拜火教）、摩尼教（又譯作明教）都在這個時候通過絲綢之路傳入中國。

除了宗教信仰以外，還有不少器物、食材都是通過陸、海兩道絲綢之路進入中國的，像胡麻、胡椒、洋蔥、葡萄等。而中國輸出外地的，除了絲綢以外，還有造紙、印刷、漆器、瓷器、火藥、指南針等當時重大的發明。

縱觀兩千年歷史，絲路之開通與阻塞，往往與中國國力強大與否，有着密切的關係。像唐末、北宋無力管理西北少數民族，於是陸上絲綢之路便開始衰落。反之，當國力強大時，像漢、唐二朝，朝廷不但能保持絲路暢通，更能在這條道上設置「都護府」軍事機關，保障各國的利益。從另一個角度，唯有國家強大，才能讓周遭的少數民族心悅誠

服地入貢、互市，所以絲路的昌盛，在一定程度上也證明了國家的強大。

來到今天，中國已經是世界第二大經濟體，國力之昌盛毋庸置疑。而在中國和平崛起的同時，我們希望能與周邊國家共同發展、共同繁榮，所以在 2013 年，習近平分別提出建設「絲綢之路經濟帶」和「21 世紀海上絲綢之路」的合作倡議。在 2015 年 3 月 28 日，國家發展改革委、外交部、商務部更進一步聯合發佈了《推動共建絲綢之路經濟帶和 21 世紀海上絲綢之路的願景與行動》。

「一帶一路」將充分依靠中國與有關國家既有的雙多邊機制，借助既有的、行之有效的區域合作平台。「一帶一路」借用了古代絲綢之路的歷史意義，倡導國家之間的和平發展，深化中國與附近國家的經濟合作關係，打造互信、融合、包容的命運共同體。

「一帶一路」自提出後一直得到國際社會的積極響應，讓中國持續參與全球的開放合作，從而改善全球的經濟治理體系，最終目的就是要促進全球的共同發展，同時推動構建人類命運共同體。根據商務部公佈的數據，截至 2021 年 11 月 20 日，中國與 141 個國家和 32 個國際組織，簽署了 206 份共建「一帶一路」合作文件。而到了 2022 年，只計首個季度，中國對「一帶一路」沿線國家進出口 2.93 萬億元，同比增長 16.7%。其中，出口 1.64 萬億元，增長 16.2%；進口 1.29 萬億元，增長 17.4%。這些數據無疑說明，中國正在真實積極地推動構建「人類命運共同體」，與這些國家共榮共富。

「絲綢之路」最初作用是運輸中國古代出產的絲綢，後來發展成為綜合貿易之路。「絲綢之路」是指起始於古代中國，連接亞洲、歐洲和非洲的古代商貿、文化交流路線。從狹義上講，絲綢之路僅指陸上絲綢之路；從廣義上講，絲綢之路又分為陸上絲綢之路和海上絲綢之路。

二 ｜ 甚麼是「一帶一路」？

背景與優勢	解構
古代背景	• 絲綢之路起始自古代中國，連接亞洲、非洲和歐洲，是古代陸上重要的商業貿易路線。 • 運輸中國出產的絲綢、瓷器等商品，後來成為東西方之間進行交流的主要道路。 • 絲綢之路主要分為陸上絲綢之路和海上絲綢之路。 • 陸上絲綢之路是西漢漢武帝派張騫出使西域開闢的道路，以首都長安為起點，經涼州、酒泉、瓜州、敦煌、新疆、中亞國家、阿富汗、伊朗、伊拉克、敘利亞等而達地中海，以羅馬為終點。 • 陸上絲綢之路是連結亞歐大陸的古代東西方文明的交匯之路。 • 海上絲綢之路是指古代中國與世界其他地區進行經濟文化交流交往的海上通道，最早於秦漢時期開闢。 • 海上絲綢之路的路線從廣州、泉州、寧波、揚州等沿海城市出發，經南海到阿拉伯海，遠至非洲東海岸。 • 絲綢之路成為古代中國與西方所有政治經濟文化往來通道的統稱。

現代背景	• 當今世界正經歷劇烈變化，國際金融危機顯現，世界經濟發展緩慢、分化，讓各國面臨嚴峻的發展問題。
	• 「一帶一路」順應世界多極化、經濟全球化、文化多樣化和社會信息化的潮流，開放區域，體現合作精神，維護全球自由貿易體系和開放型世界經濟。
	• 第 71 屆聯合國大會決議歡迎「一帶一路」等經濟合作倡議，並促請各方通過「一帶一路」，更呼籲國際社會為「一帶一路」倡議建設提供安全保障環境。
「一帶一路」的好處	• 「一帶一路」促進經濟自由流動和市場融合，推動各國實現經濟政策協調，開展更深層次的區域合作，打造開放、包容的區域經濟合作架構。
	• 「一帶一路」符合國際社會的根本利益，反映人類社會的共同理想，讓國際通過合作，發展出全球治理的新模式。
	• 「一帶一路」致力建立和加強亞歐非大陸及附近海洋的互通，構建全方位的網絡，實現沿線各國多元、自主、平衡、可持續的發展。
	• 「一帶一路」推動沿線各國發展，發掘市場潛力，促進投資和消費，創造需求和就業，增進各國人民的交流，讓各國人民共享和諧、富裕的生活。
	• 「一帶一路」戰略既是今後中國對外開放的總綱領，也成為全面深化改革的方向。
	• 通過跨國產權的合作，「一帶一路」有效避免被「西方經驗」局限，為中國的經濟、國家治理和社會治理創造更有效的外部監督，從根本上解決治理效率的問題。
	• 「一帶一路」引領中國構建開放型經濟新體制，全面統籌促進國內各領域的改革發展。
	• 「一帶一路」既擴大和深化對外開放的需要，也加強和亞歐非和世界各國的互利合作，為人類和平發展作出更大的貢獻。

國家主席習近平在哈薩克斯坦納扎爾巴耶夫大學的演講，講述了「一帶一路」的前身，豐富的歷史價值為「一帶一路」帶來了優勢和經驗。他說，兩千多年的交往歷史證明，只要堅持團結互信、平等互利、互容互鑒、合作共贏，不同種族、不同信仰、不同文化背景的國家完全可以共享和平，共同發展。

「一帶一路」倡議與中國的發展趨勢有密切的關係。中國政府 2015 年 10 月發佈的「十三五」規劃裏，「一帶一路」倡議佔據突出地位，是中國目前為止最雄心勃勃的貿易和投資計劃。

中國具備發展「一帶一路」的條件

中國擁有產能優勢和經驗，可與外國共商、共享、共建。

中國油氣資源、礦產資源對國外的依存度高，分散輸入點有利於分散風險。

中國沿海地區的工業和基礎設施已經大致建設完備，因此，有條件把投資分散至其他地區。

中國邊境地區整體狀況處於歷史最好時期，鄰國與中國加強合作的意願普遍上升。

在「一帶一路」計劃中，中國與亞洲和歐洲的關係迅速發展，隨着新項目投入運營，資金開始到位，中國的「一帶一路」戰略不斷向前推進。這一重要倡議結合絲綢之路經濟帶和 21 世紀海上絲綢之路的早期計劃，希望構建中國與中亞、東南亞、印度洋地區、中東以及歐洲的經濟聯繫。

中亞是古代陸上絲綢之路的重要通道，今天「一帶一路」計劃的展開，將為這些古老的地區帶來新的契機。圖為烏茲別克斯坦境內希瓦集市。

(一)「一帶一路」的共建原則

三大基本原則

共商　　共享　　共建

三大基本原則下的五大方向

恪守聯合國憲章的宗旨和原則

遵守和平共處五項原則。

尊重各國主權和領土完整、互不侵犯、互不干涉內政、和平共處、平等互利。

堅持開放合作

「一帶一路」基於但不限於古代絲綢之路的範圍。

各國和國際、地區組織均可參與，讓共建成果惠及更廣泛的區域。

堅持和諧包容

提倡文明寬容，尊重各國發展道路和模式。

加強各國之間的對話，求同存異、兼容並蓄、和平共處、共生共榮。

堅持市場運作

遵循市場規律和國際規則。
充分發揮市場的決定性作用和各類企業的主體作用。
發揮好政府的作用。

堅持互利共贏

兼顧各方利益，尋求契合點。
體現各方智慧，各施所長，各盡所能，充分發揮各方優勢和潛力。

我們可以閱讀由國家發展改革委、外交部和商務部共同發佈的《推動共建絲綢之路經濟帶和21世紀海上絲綢之路的願景與行動》，了解基本的概念，再延伸分析。
鏈接：http://cpc.people.com.cn/BIG5/n/2015/0328/c64387-26764810.html。

（二）「一帶一路」合作的重點內容

五大重點內容

政策溝通

- 政策溝通是「一帶一路」建設的重點。
- 加強各國政府之間的合作，構建多層次的交流機制，深化利益融合，促進政治互信，達成合作新共識。
- 「一帶一路」的沿線各國可以就經濟發展進行充分的交流，共同制定合作的規劃，解決問題，共同為大型項目實施提供政策支持。

設施聯通

- 基礎設施互聯互通是「一帶一路」建設的優先項。
- 在尊重國家主權和安全的基礎上，沿線國家將加強基礎設施建設的規劃和技術標準。
- 共同推進國際通道建設，形成連接亞洲各次區域以及亞歐非之間的基礎設施網絡。
- 強化綠色低碳化建設，充分考慮氣候變化影響。
- 完善道路安全防護設施和交通管理設施設備，提升道路通達水平。
- 建立統一的全程運輸協調機制，促進國際間銜接，形成兼容的運輸規則，實現國際運輸便利化。
- 推動口岸基礎設施建設，暢通運輸通道，加強港口合作建設，增加航線和班次。
- 建立民航全面合作的平台和機制，加快提升航空基礎設施水平。

貿易暢通

- 投資貿易合作是「一帶一路」建設的重點內容。
- 推動投資貿易便利化，共同構建良好的營商環境，與沿線國家和地區共同建立自由貿易區，釋放合作潛力。
- 加快投資便利化進程，加強雙邊投資保護協定，避免雙重徵稅協定磋商，保護投資者的合法權益。
- 開展農林牧漁業、農機及農產品生產加工等領域的合作。
- 推動海水養殖、遠洋漁業、水產品加工、海水淡化、海洋生物製藥、海洋工程技術、環保產業和海上旅遊等領域合作。
- 加大煤炭、油氣、金屬礦產等傳統能源資源的勘探開發。
- 推動水力、核能、風能和太陽能等可再生能源合作。
- 推動新興產業合作，優勢互補、互利共贏，推動建立創業投資合作機制。

資金融通

- 資金融通是「一帶一路」建設的重要支撐。
- 深化金融合作，推動亞洲貨幣穩定。
- 擴大沿線國家雙邊本幣互換，推動亞洲債券市場的開放和發展。
- 共同推動亞洲基礎設施投資銀行、金磚國家開發銀行籌建，加快絲路基金組建運營。
- 深化中國和東盟銀行聯合體、上合組織銀行聯合體的合作，以銀團貸款、銀行授信等方式開展多邊金融合作。
- 支持沿線國家政府和信用等級較高的企業以及金融機構在中國境內發行人民幣債券。
- 加強金融監管，推動簽署雙邊監管合作諒解備忘錄，逐步在區域內建立高效監管協調機制。
- 完善風險應對和危機處置制度安排，構建區域性金融風險預警系統，形成應對跨境風險和危機處置的交流合作機制。
- 加強徵信管理部門、徵信機構和評級機構之間的跨境交流與合作。
- 充分發揮絲路基金以及各國主權基金作用，引導商業性股權投資基金和社會資金共同參與「一帶一路」重點項目建設。

民心相通

- 民心相通是「一帶一路」建設的社會根基。
- 弘揚絲綢之路的友好合作精神，開展文化交流、學術往來、人才交流合作、媒體合作、青年和婦女交往、志願者服務等，為深化雙多邊合作奠定堅實的民意基礎。
- 擴大留學生規模，開展合作辦學。
- 互辦文化年、藝術節、電影節、電視週和圖書展等活動，合作開展廣播影視劇精品創作及翻譯，聯合申請世界文化遺產，共同開展世界遺產的聯合保護工作。
- 加強旅遊合作，擴大旅遊規模，互辦旅遊推廣週、宣傳月等活動，打造具有絲綢之路特色的國際精品旅遊線路和旅遊產品，提高沿線各國遊客簽證便利化水平。
- 推動 21 世紀海上絲綢之路郵輪旅遊合作。開展體育交流活動，支持沿線國家申辦重大國際體育賽事。
- 強化與周邊國家在傳染病疫情信息溝通、防治技術交流、專業人才培養等方面的合作，提高合作處理突發公共衛生事件的能力。
- 加強科技合作，共建聯合實驗室（研究中心）、國際技術轉移中心、海上合作中心，促進科技人員交流，合作開展重大科技攻關，共同提升科技創新能力。
- 開拓和推進與沿線國家在青年就業、創業培訓、職業技能開發、社會保障管理服務、公共行政管理等共同關心領域的務實合作。
- 加強沿線國家民間組織的交流合作，重點面向基層民眾，廣泛開展教育、醫療、減貧開發、生物多樣性和生態環保等各類公益慈善活動，促進沿線貧困地區生產生活條件改善。
- 加強文化傳媒的國際交流合作，積極利用網絡平台，運用新媒體工具，塑造和諧友好的文化生態和輿論環境。

（三）「一帶一路」部分實踐成果（截至 2021 年底）

成果	解構
蒙內鐵路 	• 2014 年 5 月李克強總理訪問肯尼亞期間，中肯簽署了關於蒙巴薩－內羅畢鐵路相關合作協議。 • 蒙內鐵路是肯尼亞百年來建設的首條新鐵路，也是東非次區域互聯互通重大項目，規劃全長 2700 千米，預計總造價 250 億美元。
中匈協議	• 2015 年 6 月 6 日，正在匈牙利進行正式訪問的外交部部長王毅，在布達佩斯同匈牙利外交與對外經濟部部長西亞爾托簽署了《中華人民共和國政府和匈牙利政府關於共同推進絲綢之路經濟帶和 21 世紀海上絲綢之路建設的諒解備忘錄》。
亞洲基礎設施投資銀行	• 2015 年 4 月 28 日，為期兩天的亞投行第四次談判代表會議在北京閉幕，這是亞投行 57 個意向創始成員國名單最終確定後首次相聚北京，代表們對多邊臨時秘書處起草的《亞投行章程（草案）》修訂稿進行討論並取得顯著進展；5 月 22 日，籌建亞投行第五次談判代表會議在新加坡就《亞投行章程（草案）》文本達成一致；12 月 25 日，中國財政部部長樓繼偉宣佈，《亞洲基礎設施投資銀行協定》正式生效，亞投行宣告成立。 • 2016 年 1 月 16 日亞洲基礎設施投資銀行的開業儀式在北京舉行，中國國家主席習近平出席開業儀式並致辭。
中巴經濟走廊	• 2015 年，中巴關係由戰略合作夥伴關係升級為全天候戰略合作夥伴關係。其中，以中巴經濟走廊為引領，以瓜德爾港、能源、交通基礎設施和產業合作為重點，形成「1+4」的經濟合作佈局。這是中巴開展務實合作共同打造「命運共同體」的關鍵內容。

卡拉奇－拉合爾高速公路 	• 2015 年 12 月 22 日，中國建築股份有限公司與巴基斯坦國家高速公路管理局正式簽署巴基斯坦卡拉奇－拉合爾高速公路（蘇庫爾－木爾坦段）項目 EPC 總承包合同。 • 卡拉奇－拉合爾高速公路項目為中巴經濟走廊最大交通基礎設施項目，全長約 1152 千米，採用雙向 6 車道設計，設計時速 120 千米 / 小時。 • 建設工期 36 個月，合同金額 2943 億盧比，約折合人民幣 184.6 億元，約佔中國建築股份有限公司 2014 年度經審計營業收入的 2.31%。
巴基斯坦卡洛特水電站 	• 2016 年 1 月 10 日，三峽集團承建的卡洛特水電站主體工程開工。 • 這是絲路基金首個對外投資項目。中國政府已承諾在 2030 年前向巴基斯坦投資至少 350 億美元，為建造發電廠提供融資。 • 中國在巴基斯坦的訂單金額已升至超過 10 億美元。
孟加拉希拉甘傑電站二期 	• 通過安排股權投資、項目貸款、出口信貸和提供融資諮詢服務，西門子成功幫助 EPC 項目完成融資。 • 以與中國機械進出口（集團）有限公司合作的孟加拉希拉甘傑電站二期 225MW 聯合循環電廠項目為例（2018 年 2 月建成），西門子通過協調 EPC 企業、業主和相關機構，幫助項目成功獲得德國出口信用保險公司 EulerHermes 的擔保，形成了中國出口信用保險公司和德國 EulerHermes 聯合擔保的結構，為項目最終獲得由渣打銀行牽頭並包括西門子銀行在內的商業銀行團的貸款提供了關鍵的一環。 • 該項目最終順利落地，項目建成後將緩解孟加拉當地用電緊張。

烏克蘭「一帶一路」貿易投資促進中心	• 2018 年 7 月 5 日，烏克蘭「一帶一路」貿易投資促進中心在烏首都基輔烏克蘭工商會大樓內正式揭牌。 • 「一帶一路」貿易投資促進中心，旨在為烏企業家開拓中國及「一帶一路」沿線其他國家市場提供信息諮詢服務，為開展跨國合作牽線搭橋。
中亞天然氣管線項目 	• 中亞天然氣管道是「一帶一路」的重點工程項目。2020 年 1 月，中國—中亞天然氣管道 D 線工程 1 號隧道項目順利貫通。中國—中亞天然氣管道 D 線工程起自土庫曼斯坦復興氣田，途經塔吉克斯坦和吉爾吉斯斯坦進入中國新疆境內，與已建成的連接土庫曼斯坦、烏茲別克斯坦、哈薩克斯坦的 A、B、C 線一道，將形成中國—中亞天然氣管道網。管道線路全長約 1000 公里，全部建成後，中國—中亞天然氣管道輸氣能力從每年 550 億立方米提升到 850 億立方米，成為中亞地區規模最大的輸氣系統。
印尼雅萬高鐵 	• 雅萬高速鐵路是一條連接印度尼西亞共和國雅加達都市區和西爪哇省的高速鐵路，為東南亞的首條高速鐵路，預計在 2023 年 6 月實現運營。 • 2016 年 1 月 21 日，雅萬高速鐵路開工奠基。 • 2021 年 4 月 30 日，雅萬高速鐵路首座車站站房主體結構封頂。 • 雅萬高速鐵路西起雅加達的哈利姆站，東至萬隆的德卡魯爾站，共設 4 座車站，正線長 142.3 千米，設計速度為 350 千米 / 小時，運行速度為 300 千米 / 小時。

中老鐵路	
	• 2021 年 12 月 3 日，中老鐵路全線通車運營，這是「一帶一路」倡議提出後，首條以中方為主投資建設、全線採用中國技術標準、使用中國設備並與中國鐵路網直接連通的國際鐵路。
	• 中老國際鐵路線起自中國雲南省昆明市，經玉溪、普洱、景洪市至磨憨口岸，再經境內的磨丁、孟賽、瑯勃拉邦、萬榮，最終到達首都萬象，全線為 I 級電氣化鐵路，設計時速 160 千米，線路全長 1035 千米。
衛星通信	• 為保障「一帶一路」通信衛星信號無障礙，國內的相關企業和政府機構已經對「一帶一路」的衛星發射進行了規劃和研究。
	• 未來將發射多顆通信衛星，同時，「一帶一路」途經國家的通信信號也將逐步實現全覆蓋。

「一帶一路」倡議建立的海陸貿易線路，為商品輸送帶來優勢。對於「一帶一路」沿邊環境，有文章寫道：極目遠眺，往南是一望無際的大草原，往北是積雪覆蓋的天山，橫跨中國和哈薩克斯坦，綿延不絕。前蘇聯和中國這兩個大國曾以此地為分界線，長久以來相向而立。置身於此，讓人不禁感到彷彿來到天之涯。

延伸閱讀

結語

中華民族是一個擁有深厚歷史文化底蘊的民族，用梁啟超的說法，中華民族是「四千年之歷史未嘗一中斷者」。在這四千年之中，中華民族的發展有盛有衰。在衰弱之時，我們能夠獨善其身，保守自身元氣；在興盛之時，我們尋求兼濟天下，推己及人。「一帶一路」是建立在漢代以來的陸上絲綢之路和海上絲綢之路基礎上。考其逾二千年的歷史，我們可以發現一個規律：但凡國家、民族強盛之時，絲綢之路必然暢通無阻。為甚麼會有這樣的現象呢？那是因為確保絲路暢通的前提是強大的國力。沒有足夠的軍事、經濟力量，是不足以維護這條道路的和平的，漢代的「西域都護府」如是，唐代的「六都護府」也如是。同時，大家也可以留意，在這種經濟、文化交流的過程中，強盛的文明一般可以在變革中亙古不衰。從結果論，中華文化至今屹立世界之上，而原來漢唐諸少數民族的優秀文化也被吸納其中，由此可見中華文化的優秀與強大。

近幾年，所謂「中國威脅論」甚囂塵上，給國際關係帶來很大的傷害。不少人都擔心，中國的崛起將為區內帶來威脅。對此，必須摒除主觀感受，回歸理性分析。未來的事還未來，我們沒必要總往壞方向揣測；立足於歷史，了解中華民族的民族性，才是最客觀的態度。

數上一次中國與世界頻繁的交往，當屬明初鄭和七下西洋
之舉。

明代成祖永樂、宣宗宣德年間，三寶太監鄭和作為使團正
使，率領船隊遠航西太平洋和印度洋，拜訪了 30 多個國家
和地區。據《明史・鄭和傳》(卷 304)，鄭和七下西洋，「占
城、爪哇、真臘、舊港、暹羅、古里、滿剌加、渤泥、蘇
門答剌……凡三十餘國」。其中已知最遠到達東非、紅海
一帶。

鄭和下西洋，整體上是以和平的方式與外國溝通，同時也
適量使用武力維護這航綫上的和平，例如消滅了篡奪王位
的蘇門答臘君主蘇干剌、懲治海盜陳祖義等。因此，有學
者評價這七下西洋之舉：

沒有直接推動中國民間力量向東南亞地區的移民和擴張，
而且明成祖在東南亞地區所構建的華夷秩序，強調的是「懷
遠以德」和「協和萬邦」，追求的是「共享太平之福」，決無
任何不良企圖；雖然東南亞諸國國王在禮儀上接受明成祖
的冊封，但明成祖以及明朝並沒有干預這些國家的內政事
務，也沒有佔領這些國家的一寸土地。相反，明成祖還以
明朝的強大實力所帶來的影響力，在調解東南亞諸國之間
的矛盾和糾紛上發揮着顯著的積極作用，並在一定程度上
產生了東南亞諸國對於他的向心力。[2]

2　陳尚勝：《鄭和下西洋與東南亞華夷秩序的構建 —— 兼論明朝是否向東
　　南亞擴張問題》，載於《山東大學學報 (哲學社會科學版)》(2005 年第
　　4 期)，頁 63-72。

「懷遠以德」、「協和萬邦」、「共享太平之福」，這不就是「一帶一路」的宗旨嗎？

近日，國際社會普遍吹起一股「二元對立」之風，非黑即白、非敵即友，不少國家試圖從對立之處尋找出路。然而，「對立」雖然會帶來短暫利益，卻同時帶來長久傷害。有別於這種「對立」觀念，「一帶一路」強調國與國的「共商」、「共享」與「共建」，試圖從「合作」中尋找長治久安之道，一起構建政治互信、經濟融合、文化包容的利益共同體。

中國與沿途國家分享優質產能和共商項目投資，將自身的產能優勢和經驗轉化為市場與合作，着力推動沿線國家間實現合作對話，建立平等的夥伴關係，構建世界經濟穩定發展的基礎。「一帶一路」推動全球平衡，鼓勵向西方開放發展，帶動中亞、蒙古等內陸地區的開發。「一帶一路」解決了由西方全球化造成的貧富差距、地區發展不平衡的問題，致力推動建立恆久、和平、安全、繁榮、和諧的世界。

內容提要 | **1** 「一帶一路」是「絲綢之路經濟帶」和「21 世紀海上絲綢之路」的簡稱，由習近平主席分別提出建設「絲綢之路經濟帶」和「21 世紀海上絲綢之路」的合作倡議。

2 「一帶一路」建設秉承共商、共享、共建原則。

3 「一帶一路」恪守聯合國憲章的宗旨和原則，遵守和平共處五項原則。

4 「一帶一路」促進共同發展、實現共同繁榮，秉持和平合作、開放包容、互學互鑒、互利共贏的理念，全方位推進務實合作，打造政治互信、經濟融合、文化包容的利益共同體、命運共同體和責任共同體。

5 「一帶一路」沿線各國資源稟賦各異，經濟互補性較強，從而能建立穩定的工程合作，展現「一帶一路」的驕人成果。

關鍵概念 | 一帶一路　絲綢之路　共商、共建、共享合作原則
人類命運共同體

深度閱讀 |

主題	書名	頁碼
「一帶一路」倡議	《習近平「一帶一路」倡議全球評論與報導選輯》	代序 1-7
		代序 8-17
		499-501
		594-596
		623-627
		690-697
		698-704
		749-751
		820-825

主題	書名	頁碼
	《習近平訪亞全球評論與報導選輯》	165-168
	《習近平訪亞歐非 12 國暨出席國際會議全球評論與報導選輯》	259-263
	《習近平：2017 中國主場外交全球評論與報導選輯》	7-15 277-278 279-281 282-283 284-285 286-288 289-291 358-363 364-367 376-380
	《習近平：2019 中國主場外交全球評論與報導選輯》	36-43 259-261 262-266 267-269 298-301 358-360 361-362 374-377

延伸問題

是非題

1.「一帶一路」促進共同發展、實現共同繁榮，秉持和平合作、開放包容、互學互鑒、互利共贏的理念，全方位推進務實合作，打造政治互信、經濟融合、文化包容的利益共同體、命運共同體和責任共同體。　　　是 / 非

2.「一帶一路」沿線各國資源稟賦各異，文化互補性較強，從而能建立穩定的工程合作，展現「一帶一路」的驕人成果。　　　是 / 非

3. 中國與沿途國家分享優質產能和共商項目投資，將自身的產能優勢和經驗轉化為市場與合作。　　　是 / 非

填充題

4.「一帶一路」是「＿＿＿＿＿＿＿」和「＿＿＿＿＿＿＿」的簡稱，由習近平主席分別提出建設「新絲綢之路經濟帶」和「21 世紀海上絲綢之路」的合作倡議。

5.「一帶一路」建設秉承＿＿＿、＿＿＿、＿＿＿原則。

問答題

6. 請指出並說明「一帶一路」的其中兩個好處。

＿＿＿＿＿＿＿＿＿＿＿＿＿＿＿＿＿＿＿＿＿＿＿＿

7. 請指出「一帶一路」的五個合作重點。

（答案見附錄）

古代陸上絲綢之路，駱駝是重要工具。

7

人類衛生健康
共同體

古羅馬哲人塞涅卡說過，我們是同一片大海的
海浪。讓我們攜手並肩，堅定不移推進抗疫國
際合作，共同推動構建人類衛生健康共同體，
共同守護人類健康美好未來！

—— 習近平於全球健康峰會發表的講話，2021
　　年 5 月 21 日

章節要點	• 了解人類衞生健康共同體提出的背景
	• 認識人類衞生健康共同體的理念
	• 分析人類衞生健康共同體對於人類發展的重要性

一 | 導言

上世紀六、七十年代，美國氣象學家愛德華・洛倫茲（Edward N. Lorenz）曾經提出：「一隻南美洲亞馬遜河流域熱帶雨林中的蝴蝶，偶爾扇動幾下翅膀，可以在兩週以後引起美國得克薩斯州的一場龍捲風。」這是著名的氣象學理論「蝴蝶效應」。蝴蝶扇動翅膀，使身邊的空氣系統發生變化，產生微弱的氣流，而微弱的氣流又會引起四周空氣或其他系統產生相應的變化，由此引起一系列連鎖反應。一個小動作，最終導致其他系統的極大變化。

「蝴蝶效應」後來被引申到其他專業上，分析事物發展的複雜性。

 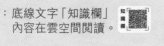

1997 年 7 月 2 日，泰國宣佈放棄「固定匯率制」，實行「浮動匯率制」。本來只是一國一地的貨幣政策的變動，卻引發了一場波及東南亞的金融風暴。當天，泰銖兌美元的匯率暴降 17%，導致外匯及其他金融市場出現一片混亂之景。而泰銖匯率的波動，帶動了菲律賓比索、印尼盾、馬來西亞令吉相繼淪為國際炒家的攻擊對象。當年一個人口約只有六千萬的國家，一個金融行為，掀動了整個亞洲金融市場。除港幣以外，幾乎所有東南亞主要貨幣都在短期內大幅貶值，導致東南亞各國貨幣體系和股市同時崩潰，並且引發了亞洲各國大量企業破產、銀行倒閉、股市崩潰、房地產下跌、匯率貶值、失業率上升，人民生活受到嚴重影響。經濟衰退也引發了社會動盪和政局不穩，使一些東南亞國家陷入混亂。

在全球化的現象下，世界各地已不能像以往那樣「各家自掃門前雪，哪管他人瓦上霜」了。不起眼的一個小動作，足以引起一連串的巨大反應。同在地球上，我們的命運息息相關，尤其在衞生健康層面上。

2020 年，世界面對新冠肺炎疫情的肆虐，各國政府和人民一直努力抵抗病毒。然而，不平衡的發展，暴露了一些國家衞生治理體系的弊病，例如反應遲緩、醫療資源不足、協同理念差等問題。最顯眼的例子，就是疫苗的全球分配問題。根據 BBC 2022 年 2 月 14 日一篇題為《新冠疫苗：全球捐獻數達 10 億總產量過百億，為何仍有四成人口無法接種》的新聞報道，指「大多數富有國家已經為其 60%以上人口接種疫苗，而低收入國家的平均接種比率只有10%」。BBC 引述了時任世界衞生組織（WHO）全球衞生

籌資大使、英國前首相白高敦 (Gordon Brown) 的説法:「即便到現在，全球超過 70% 的疫苗仍朝着 G20 成員國運去，換言之，其餘 175 個國家都在吃虧。」[1] 而疫苗之不能普及全球，將導致無法有效控制新冠疫病，讓病毒有更多機會不斷變種。

在這個人來人往的地球上，我們沒法做到「民至死不相往來」。人與人、國與國已不自覺地成為「人類衞生健康共同體」。雖然，近日香港新增確診數字仍然超過五千宗，但是我們還是要對抗疫工作滿懷信心。回顧歷史，人類社會已經合力對抗過無數疫病。天花、霍亂、麻疹、流感、瘧疾、非典、禽流感等，這些疫病的傳播速度都很快，且感染範圍很廣，但全球人民都能盡其責、合其力，共同致力於防控工作。雖然，每次疫病大流行，都對世界造成很大的損害，但是人類文明卻會從中學習成長。

「團結合作是國際社會戰勝疫情最有力武器」，我國將堅定支持世界衞生組織發揮全球抗疫領導作用，呼籲國際社會加大對世界衞生組織政治支持和資金投入，調動全球資源打贏疫情阻擊戰。(《抗擊新冠肺炎疫情的中國行動》白皮書)

1　《新冠疫苗：全球捐獻數達 10 億總產量過百億，為何仍有四成人口無法接種》，詳見 BBC 2022 年 2 月 14 日，https://www.bbc.com/zhongwen/trad/science-60372045。

人類衛生健康共同體的提出

2021 年 5 月 21 日，習近平主席在北京以視頻方式出席全球健康峰會，並發表題為《攜手共建人類衛生健康共同體》的講話，正式提出「人類衛生健康共同體」的理念。在此次峰會上，習近平主席分享了中國的抗疫經驗，並指出世界要共同戰勝疫情，同時把人民生命安全和身體健康放在首要位置，尊重每個人的生命價值和尊嚴。下面是習近平主席於全球健康峰會的講話全文，從中可了解甚麼是「人類衛生健康共同體」。

三 |《攜手共建人類衛生健康共同體》

尊敬的德拉吉總理、尊敬的馮德萊恩主席、各位同事：

很高興出席全球健康峰會。去年，二十國集團成功舉行了應對新冠肺炎特別峰會和利雅得峰會，就推動全球團結抗疫、助力世界經濟恢復達成許多重要共識。

一年多來，疫情起伏反覆，病毒頻繁變異，百年來最嚴重的傳染病大流行仍在肆虐。早日戰勝疫情、恢復經濟增長，是國際社會的首要任務。二十國集團成員應該在全球抗疫合作中扛起責任，同時要總結正反兩方面經驗，抓緊補短板、堵漏洞、強弱項，着力提高應對重大突發公共衛生事件能力和水平。下面，我想談五點意見。

第一，堅持人民至上、生命至上。抗擊疫情是為了人民，也必須依靠人民。實踐證明，要徹底戰勝疫情，必須把人民生命安全和身體健康放在突出位置，以極大的政治擔當和勇氣，以非常之舉應對非常之事，盡最大努力做到不遺漏一個感染者、不放棄一個病患者，切實尊重每個人的生命價值和尊嚴。同時，要保證人民群眾生活少受影響、社會秩序總體正常。

第二，堅持科學施策，統籌系統應對。面對這場新型傳染性疾病，我們要堅持弘揚科學精神、秉持科學態度、遵循科學規律。抗擊疫情是一場總體戰，要系統應對，統籌藥物和非藥物干預措施，統籌常態化精準防控和應急處置，統籌疫情防控和經濟社會發展。二十國集團成員要採取負責任的宏觀經濟政策，加強相互協調，維護全球產業鏈供

應鏈安全順暢運轉。要繼續通過緩債、發展援助等方式支持發展中國家尤其是困難特別大的脆弱國家。

第三，堅持同舟共濟，倡導團結合作。這場疫情再次昭示我們，人類榮辱與共、命運相連。面對傳染病大流行，我們要秉持人類衛生健康共同體理念，團結合作、共克時艱，堅決反對各種政治化、標籤化、污名化的企圖。搞政治操弄絲毫無助於本國抗疫，只會擾亂國際抗疫合作，給世界各國人民帶來更大傷害。

第四，堅持公平合理，彌合「免疫鴻溝」。我在一年前提出，疫苗應該成為全球公共產品。當前，疫苗接種不平衡問題更加突出，我們要摒棄「疫苗民族主義」，解決好疫苗產能和分配問題，增強發展中國家的可及性和可負擔性。疫苗研發和生產大國要負起責任，多提供一些疫苗給有急需的發展中國家，支持本國企業同有能力的國家開展聯合研究、授權生產。多邊金融機構應該為發展中國家採購疫苗提供包容性的融資支持。世界衛生組織要加速推進「新冠肺炎疫苗實施計劃」。

第五，堅持標本兼治，完善治理體系。這次疫情是對全球衛生治理體系的一次集中檢驗。我們要加強和發揮聯合國和世界衛生組織作用，完善全球疾病預防控制體系，更好預防和應對今後的疫情。要堅持共商共建共享，充分聽取發展中國家意見，更好反映發展中國家合理訴求。要提高監測預警和應急反應能力、重大疫情救治能力、應急物資儲備和保障能力、打擊虛假信息能力、向發展中國家提供支持能力。

各位同事，在這場史無前例的抗疫鬥爭中，中國得到很多國家支持和幫助，中國也開展了大規模的全球人道主義行動。去年5月，我在第七十三屆世界衛生大會上宣佈中國支持全球抗疫合作的5項舉措，正在抓緊落實。在產能有限、自身需求巨大的情況下，中國履行承諾，向80多個有急需的發展中國家提供疫苗援助，向43個國家出口疫苗。中國已為受疫情影響的發展中國家抗疫以及恢復經濟社會發展提供了20億美元援助，向150多個國家和13個國際組織提供了抗疫物資援助，為全球供應了2800多億隻口罩、34億多件防護服、40多億份檢測試劑盒。中非建立了41個對口醫院合作機制，中國援建的非洲疾控中心總部大樓項目已於去年年底正式開工。中國同聯合國合作在華設立全球人道主義應急倉庫和樞紐也取得了重要進展。中國全面落實二十國集團「暫緩最貧困國家債務償付倡議」，總額超過13億美元，是二十國集團成員中落實緩債金額最大的國家。

為繼續支持全球團結抗疫，我宣佈：

—— 中國將在未來3年內再提供30億美元國際援助，用於支持發展中國家抗疫和恢復經濟社會發展。

—— 中國已向全球供應3億劑疫苗，將盡己所能對外提供更多疫苗。

—— 中國支持本國疫苗企業向發展中國家進行技術轉讓，開展合作生產。

—— 中國已宣佈支持新冠肺炎疫苗知識產權豁免，也支持世界貿易組織等國際機構早日就此作出決定。

—— 中國倡議設立疫苗合作國際論壇，由疫苗生產研發國家、企業、利益攸關方一道探討如何推進全球疫苗公平合理分配。

各位同事，古羅馬哲人塞涅卡說過，我們是同一片大海的海浪。讓我們攜手並肩，堅定不移推進抗疫國際合作，共同推動構建人類衛生健康共同體，共同守護人類健康美好未來！

四 ｜ 重點解讀

- 習近平主席參與全球健康峰會並發表重要講話，為全球抗擊新冠肺炎疫情打下了一劑強心針，同時也為攜手構建人類衛生健康共同體指出具體的方向和路徑。
- 習近平主席對於戰勝疫情、恢復經濟增長提出五個堅持：

（一）堅持人民至上、
　　生命至上

（二）堅持科學施策，
　　統籌系統應對

（三）堅持同舟共濟，
　　倡導團結合作

（四）堅持公平合理，
　　彌合「免疫鴻溝」

（五）堅持標本兼治，
　　完善治理體系

- 以上五個「堅持」，是習近平主席對中國過往的抗疫經驗，作出的寶貴總結，為的就是讓國際社會學習如何應付未來的挑戰，也為構建人類衛生健康共同體立起「四樑八柱」。

1 人民至上、生命至上	• 人的生命是最可寶貴的。 • 國家要不惜一切代價保護人民生命安全。 • 盡最大努力做到不遺漏一個感染者、不放棄一個病患者。 • 切實尊重每個人的生命價值和尊嚴。
2 講科學、助團結、促公平	• 講科學，是弘揚科學精神、秉持科學態度、遵循科學規律，進行科學施策，加強統籌系統應對。 • 助團結，是攜手合作、共克時艱。任何政治化、標籤化、污名化的政治操弄，只會擾亂國際抗疫合作，給世界各國人民帶來更大傷害。 • 促公平，是摒棄「疫苗民族主義」，解決好疫苗產能和分配問題。

3 完善治理體系	• 疫情折射出全球衛生治理體系的短板，暴露了人類應對重大突發公共衛生事件的不足。 • 加強和發揮聯合國和世界衛生組織作用，堅持共商共建共享，提高應對危機的五大能力。 • 堅持多邊主義，實現標本兼治。
4 援助世界	• 在全球抗疫鬥爭中，中國始終同各國同舟共濟、守望相助。 • 為發展中國家提供 20 億美元援助。 • 向 43 個國家出口疫苗。 • 為全球供應 2800 多億隻口罩、34 億多件防護服。 • 支持本國疫苗企業向發展中國家進行技術轉讓。

中國國家主席習近平在世界衛生大會上發表講話，闡述了一個或將重塑全球外交的理念。習近平主席這樣形容該理念，「中國始終秉持構建人類命運共同體理念，既對本國人民生命安全和身體健康負責，也對全球公共衛生事業盡責。」

我們可以從哪幾個維度把握人類衛生健康共同體的內涵、背景和指向？黨的十九屆五中全會通過的《中共中央關於制定國民經濟和社會發展第十四個五年規劃和二〇三五年遠景目標的建議》明確強調：「積極參與重大傳染病防控國際合作，推動構建人類衛生健康共同體。」這是為應對全球公共衛生治理危機貢獻的中國智慧。

五 | 人類衛生健康共同體的理念和重要性

「人類衛生健康共同體」是「人類命運共同體」理念的延展。

「人類命運共同體」（a Community of Shared Future for Mankind）
是習近平就任中共中央總書記、國家主席後首次出訪時發
表的一個理念。時維 2013 年 3 月，習主席於俄羅斯莫斯科
國際關係學院提出樹立「你中有我、我中有你」的命運共同
體意識，「人類命運共同體」的概念便自此衍生。自此以後，
「人類命運共同體」從外交政策，逐漸演變成國際戰略。此
後，習近平主席相繼提出「中華民族命運共同體」、「周邊
命運共同體」等倡議。而「人類衛生健康共同體」便是其中
一個延伸概念，它豐富和完善了「人類命運共同體」理念。

2020 年 3 月 27 日，官方媒體曾刊登一篇題為《打造人類衛
生健康共同體的時代價值》[2] 的文章，從**四個角度分析**「人類
衛生健康共同體」的理念和重要性。下面，我們把它簡化
成圖表：

2　《打造人類衛生健康共同體之時代價值》，詳見黨建網 2020 年 6
　　月 15 日，http://www.dangjian.cn/shouye/sixianglilun/202006/
　　t20200617_5677298.shtml。

理念	解構
打造人類衛生健康共同體的新倡議	<ul><li>豐富和完善了人類命運共同體理念的內涵。</li><li>標誌着人類命運共同體理念隨着對時代特徵和世界大勢的精準把握，逐漸走深走實。</li><li>人類命運共同體理念強調各國相互依存、同舟共濟、不懈追求人類福祉的時代主題更加突出聚焦。</li><li>人類命運共同體理念作為引領時代進步的強大精神力量，為國際社會不同領域的國際合作實踐探索提供了更加精準的指引。</li></ul>
打造人類衛生健康共同體是人類命運共同體理念的進一步深化和昇華	<ul><li>自十八大以來，習近平在多次演講中豐富和發展人類命運共同體的理念。</li><li>聯合國社會發展委員會、聯合國人權理事會、聯合國安理會都先後將人類命運共同體這一重要國際理念寫入決議。</li><li>在這次疫情中，中國以最全面、最迅速、最嚴格、最積極的抗疫防控措施為世界贏得了寶貴的防備疫情時間。</li><li>習近平明確提出了打造人類衛生健康共同體的國際合作倡議。</li><li>中國積極參與全球衛生治理，主動承擔國際責任，以積極開展元首外交、提供國際援助、分享抗疫經驗等實際行動為全球抗疫傳遞信心並注入巨大動力。</li><li>為國際社會樹立了團結協作應對全球挑戰的典範。</li></ul>
打造人類衛生健康共同體倡議生命健康權等基本人權	<ul><li>中國展現了對全世界各國人民平等的生命健康權等基本人權的尊重，增進了各國民眾的健康福祉。</li><li>生命健康權無國界、無種族、無關社會發展水平，尊重全世界各國人民平等的生命健康權，這是人類命運共同體理念的題中應有之義。</li><li>打造「健康絲綢之路」是人類衛生健康共同體意識的初步體現。</li><li>中國政府不僅大力實施「健康中國」戰略，維護本國公民的生命健康權，而且尊重世界人民享有的平等生命健康權。</li><li>積極落實聯合國 2030 年可持續發展議程，將衛生領域合作列入「一帶一路」建設的重要內容。</li><li>致力於與世界衛生組織和「一帶一路」沿線國家共同打造「健康絲綢之路」。</li></ul>

- 已經初步形成了以多雙邊為基礎，服務六大經濟走廊和沿線支點國家的衛生合作戰略佈局。
- 政府主導、上下聯動、多方參與的合作機制不斷完善。
- 在積極參與全球衛生安全治理、加強衛生政策協調與政策對話；加強傳染病聯防聯控、提高應對突發公共衛生事件能力；發展「一帶一路醫院聯盟」，共享優質醫療資源和健康科技成果；深化衛生人文交流等方面取得了積極成果。
- 攜手打造「健康絲綢之路」的最佳實踐，也是打造人類衛生健康共同體的生動體現。
- 在人類面臨共同威脅與挑戰的情況下，從打造「健康絲綢之路」，再到打造人類衛生健康共同體國際合作倡議的提出，進一步體現了中國對世界各國人民平等的生命健康權等基本人權的尊重。
- 在推動完善全球公共衛生治理中展現了人類倫理之善，在努力增進各國民眾健康福祉中促進了民心相通。

打造人類衛生健康共同體是中國對推進全球多元和文明發展的一個重大倡議	<ul><li>打造人類衛生健康共同體國際合作倡議為在國際合作中打破東西劃分，擺脫政治制度差異，超越意識形態分歧，推進全球多元和文明發展貢獻了中國方案。</li><li>世界各國面臨着政治制度不同、國家治理模式不同、價值觀不同、社會環境不同、法律對政府授權不同、制約影響因素不同、疫情發展階段不同等諸多差異。</li><li>應該因地制宜地採取有針對性、差別化的科學防疫應對方式。</li><li>中國的抗疫經驗為全球公共衛生治理貢獻了中國智慧和中國方案，以自身的發展經驗填補了全球衛生治理的發展缺位。</li><li>人類命運共同體理念不僅屬於中國，也屬於世界，它既有鮮明的中國特色，又包含全人類共同價值。</li><li>在防疫的關鍵時期，各國應以維護世界人民的共同利益、整體利益和長遠利益為根本宗旨，以消除全人類面臨的和平赤字、發展赤字、治理赤字等嚴峻挑戰為己任。</li><li>堅持平等公正、開放交流、包容互鑒、合作共贏的基本原則，在維護自身利益時兼顧他國合理關切，在謀求本國發展中促進各國共同發展。</li></ul>

- 從根本上打破意識形態隔閡、社會形態隔閡、民族與種族隔閡，切實履行國際責任，體現歷史擔當精神，凝心聚力防止疫情進一步擴散蔓延為全球流行疾病。
- 中國作為世界上最大的發展中國家，也要為發展中國家爭取在全球治理事務中具有同等的表決權和話語權付出艱辛的努力。
- 打造人類衛生健康共同體展現了中國自覺地把自身的發展與人類的發展統一起來的大國胸懷和歷史擔當。
- 「天下大同、和而不同」的中國智慧；「以義為利、捨我其誰」的中國擔當。
- 合作共贏、文明互鑒、共同繁榮的中國方案正在為世界造就新機遇。
- 中國會進一步加強互學互鑒，更加積極地融入國際社會，主動展示自身形象並參與對外事務。
- 更加主動地塑造和引導國際關係，推動國際秩序良性健康發展。
- 在全球發展和全球治理中更好地發揮建設性作用，並將始終是世界和平的建設者、全球發展的貢獻者、國際秩序的維護者。
- 中國將為維護世界和平、促進共同發展、建設一個更加美好的世界作出更大的貢獻。

香港在面對疫情時，應當如何保持堅定的意志，實現「動態清零」？ 在當前香港抗擊疫情的關鍵時刻，卻有人歪曲「動態清零」含義，質疑特區政府的防疫抗疫舉措，不負責任地提出香港應放棄「動態清零」，實行所謂「與病毒共存」的「躺平」策略。

 中國提出的人類衛生健康共同體必須秉持哪幾方面的總體要求，才能為全球公共衛生治理貢獻有效且全面的中國方案？ 2020 年 9 月，全國抗擊新冠肺炎疫情表彰大會的舉行，表彰的不僅是先進的集體和個人，更是在過去 8 個多月時間裏，敢於鬥爭、舉國同心的全體中國人民。

 中國在抗疫道路上，一直備受西方的批評與污衊。 而且，儘管中國的抗疫努力為其他國家爭取了一兩個月的準備時間，但歐洲和美國並沒有充分利用這段時間做好抗疫準備。

萬眾一心，一定可以取得抗疫的勝利。

六 ｜ 中國提供的部分國際援助

時間	援助
2020年 2月29日	中國紅十字會志願專家團隊抵達伊朗首都德黑蘭提供援助，並攜帶中國援助的醫療物資。
2020年 3月7日	中國紅十字會總會組織的醫療專家攜檢測試劑、PCR 儀、口罩、防護服、重症醫療搶救設備等防疫物資抵達伊拉克，協助應對疫情。
2020年 3月18日	中國亞洲經濟發展協會執行會長權順基宣佈捐贈 10 萬個口罩予馬來西亞，是中國首批捐贈給馬來西亞的抗疫物資。
2020年 3月24日	中國軍方援柬抗疫醫療專家組抵達柬埔寨首都金邊，向柬王家軍提供醫療支援。
2020年 3月26日	中國企業華為向紐約州捐贈了 10000 個 N95 口罩、20000 件防護服、10000 隻手套和 50000 個護目鏡。
2020年 3月28日	由國家衛健委組建、新疆維吾爾自治區選派的中國政府赴巴基斯坦抗疫醫療專家組抵達巴基斯坦，為當地疫情防控提供諮詢、培訓和指導，同時攜帶中國捐贈的醫療救治物資。
2020年 4月2日	中國政府首批援助哈薩克斯坦的醫療防護物資運抵阿拉木圖。
2020年 4月5日	由國家衛健委組建、福建省衛健委選派的中國赴菲律賓抗疫醫療專家組抵達菲律賓首都馬尼拉，隨機攜帶並捐贈一批醫用 N95 口罩、醫用口罩、醫用隔離面罩、醫用防護服、呼吸機等菲律賓急需的醫療防護物資。
2020年 4月8日	中國援助的抗疫物資由亞美尼亞政府的一架伊爾 -76 運輸機從中國運抵亞美尼亞首都葉里溫，包括醫用口罩、防護服、呼吸機。
2020年 4月12日	中國向波蘭提供一批緊急醫療物資，其中包括 10000 份新冠病毒檢測試劑、符合歐盟規範的 20000 隻 N95 口罩、5000 套防護服、5000 副醫療護目鏡、10000 副一次性醫用手套、10000 雙鞋套。

2020年 5月11日	中國政府捐贈給加拿大的一批醫療物資運抵加拿大安大略省漢密爾頓國際機場。該批物資包括醫用防護服、護目鏡、N95 口罩、外科口罩、無菌外科手套、面罩和隔離衣等。
2020年 5月22日	中國人民解放軍向俄羅斯軍隊提供口罩、防護服等防疫物資援助。
2020年 5月23日	由國家衛健委組建、廣東省衛健委選派的抗疫醫療專家組抵達秘魯首都利馬，為當地防控疫情提供幫助。
2020年 5月25日	中國（湖南）抗疫醫療專家組從辛巴威出發前往赤道幾內亞，為當地防控疫情提供幫助。
2021年 2月7日	中國援助柬埔寨首批 60 萬劑新型冠狀病毒疫苗。
2021年 5月18日	中國政府第二批無償援助白俄羅斯的新冠病毒疫苗運抵明斯克市郊的馬丘里希軍用機場。

七 ｜ 天花的故事：中西醫術互通，共同努力消滅天花

（一）甚麼是天花？

天花是由天花病毒感染人引起的一種烈性傳染病，痊癒後可獲終生免疫。天花是最古老也是死亡率最高的傳染病之一，傳染性強，病情重，沒有患過天花或沒有接種過天花疫苗的人，均能被感染，主要表現為嚴重的病毒血症，染病後死亡率高，最基本有效而又最簡便的預防方法是接種牛痘。

（二）天花的威力

天花主要表現為嚴重毒血症狀，例如發燒、乏力、頭痛、四肢及腰背部痠痛，體溫急劇升高時可出現驚厥、昏迷。天花對未免疫人羣感染後 15 ～ 20 天內致死率高達 30%。重型天花病人常伴有併發症，如敗血症、骨髓炎、腦炎、腦膜炎、肺炎、支氣管炎、中耳炎、喉炎、失明、流產等，是天花致人死亡的主要原因。

（三）天花的歷史

目前，根據歷史記載，天花的起源地很有可能是古印度及古埃及。在一份公元前 1500 年的印度醫學文獻中，記載了一種疑似天花的疾病，而且古埃及法老拉美西斯五世的木乃伊上亦有天花的痕跡。

後來，前往印度的埃及商人在公元前 1000 年時將天花傳入了印度，至此，天花便成為了困擾當地逾兩千年的流行病。公元 1 世紀，印度把天花帶入了中國的西南部，其後又蔓延至日本。

（四）中國如何戰勝天花？

天花，無疑是人類的最大敵人。據記載，歷史上先後有 5 億人被天花奪命。僅 18 世紀，歐洲死於天花的人數就約為 1.5 億人。面對着這種一無所知的疾病，有人會選擇放棄，有人會祈求上蒼，但是我國卻選擇相信科學的方法，結合以往的治療經驗，研究出對付天花的方法。

清代醫師朱純嘏（1634-1718 年）在他的《痘疹定論》記載了北宋真宗宰相王旦為兒子王素預防天花的事件，為人們介紹了「人痘接種術」的歷史和方法。同時，朱純嘏醫師結合了臨床實踐，對痘疹的病理、診斷、症狀及治法都作了較詳細的敘述，並且躬行實踐，試行種痘，成功防止天花蔓延。

中國人成功用毒性較低的天花病毒讓人輕度感染，然後產生抗體。這種防疫技術，在當時絕對是領先世界各國。法國哲學家伏爾泰曾在《哲學通信》中對中國的人痘接種術有過這樣的評價：「這是被認為全世界最聰明、最講禮貌的一個民族的偉大先例和榜樣。」

中國是如何靠自身的能力對抗當時致命的天花病毒？ 在國共內戰期間，中國共產黨的領導人就十分重視衛生工作，為新中國成立後醫療衛生工作方針的制定奠定了堅實的基礎。

中國對付天花的故事，說明了中醫並非如西方不明所以者所說的「非科學」，反之，可以說是科學得很。朱純嘏的「人痘接種術」是中國歷代醫師對抗、預防天花的經驗總結。而且，朱純嘏更在這種假設上，進行實驗，這不也是科學的方法嗎？

中國的第一種對抗新冠疫苗也恰恰運用了類似的技術，把已經滅活的病毒副本接種到身體，讓身體的免疫系統識別其所針對的病原體（例如病毒或細菌）、產生抗體及免疫記憶。日後如果身體暴露於這些病原體，自身免疫系統便會

迅速反應摧毀該病原體，防止疾病。[3]

新冠病毒暴發初期，人類曾一度束手無策。其時，醫護物資短缺，特效藥一劑難求。面對這種狀況，中醫藥界當仁不讓，總結了中國數千年來對付傳染病的方法，發揮中醫治未病、辨證施治、多靶點干預的獨特優勢，全程深度參與到對疫病患者的救治與疫情防護之中。

中醫藥界據以經典名方、輔以臨床實證，篩選出「三藥三方」等中藥和方劑，融入全國新冠防治工作之中，成果斐然。中醫藥在此次抗疫中發揮的作用之大，在歷史上是前所未有的。中醫藥在湖北省確診病例中的使用率和總有效率均超過 90%，全國中醫藥參與救治確診病例佔比達到 92%。這是何其驚人的數字！

昔日，我們面對天花，從沒畏懼；今日，我們對抗新冠，也從沒退縮！無論是歷史文獻，還是科學數據，都說明了中醫藥對防治傳染病的重要作用。作為中國人，我們要對中華文化有信心，同時也要無畏無懼地肩負起與全人類一同對抗「新冠病毒」的責任。《孟子・公孫丑》曰：「自反而縮，雖千萬人吾往矣」，大抵如此！

中國除了擊退天花外，在新冠疫情期間，黨和人民憑藉信念和力量，用最短的時間戰勝疫情，保障了絕大多數人民的健康。人們深刻感受到「生命至上、舉國同心、捨生忘

延伸閱讀

_____

3 《新冠疫苗基礎知識系列：疫苗接種》，詳見衛生防護中心，https://www.covidvaccine.gov.hk/pdf/DH_COVID19_vaccine_fb_C_BasicKnowledge_chi.pdf。

死、尊重科學、命運與共」的偉大抗疫精神，深刻感受到社會主義中國的制度優勢，深刻感受到中華文明的深厚底蘊，激發了全體中國人民在百年黨慶和世界變局的重大歷史關頭，以咬定青山不放鬆的執著，奮力推進中華民族偉大復興。

中國大量生產國產疫苗。

結語

2022 年 4 月 10 日至 13 日，習近平主席在海南考察時指出：「要堅持人民至上、生命至上，堅持外防輸入、內防反彈，堅持科學精準、動態清零，抓細抓實疫情防控各項舉措。要克服麻痺思想、厭戰情緒、僥倖心理、鬆勁心態，針對病毒變異的新特點，提高科學精準防控本領，完善各種應急預案，嚴格落實常態化防控措施，最大限度減少疫情對經濟社會發展的影響。」這看似簡單的一句話，其實是兩年以來，中國用血與淚換來的寶貴經驗。

從武漢抗疫戰開始，兩年以來，中國一直小心謹慎、步步為營，利用科學的方法對抗新冠病毒。雖然，病毒不斷地在變異，德爾塔、奧密克戎等先後來襲，但是中國始終堅持「人民至上、生命至上」的理念，始終不放棄救治每一個感染者，不惜一切代價挽救生命，最大限度保護人民生命安全和身體健康。

在交通發達、人與人之間交往頻繁的今天，沒有一個國家能在新冠疫病下獨善其身，我們都是「人類衛生健康共同體」的一員。因此，中國正力所能及地全力支援其他國家。根據人民網 2022 年 1 月 11 日的報道，中國已經累計向120 多個國家和國際組織提供 20 億劑新冠疫苗。「20 億劑新冠疫苗」是一個驚人的數字，因為這個數字正是中國以外全球疫苗使用總量的三分之一。也即是說，中國是對外提供疫苗最多的國家。

然而，君子之心往往為小人所猜度，中國積極提供新冠疫苗，卻被一些別有用心的政客誣衊為「疫苗外交」。事實上，中國始終本着「人類衛生健康共同體」的理念，在提供疫苗時，從不謀求任何地緣政治目標，從不盤算獲取任何經濟利益，也從不附加任何政治條件。中國在這次疫情當中，一直堅持和平合作的理念，強調現在比以往任何時候都更需要團結與合作。

習近平主席指出：「疫情對全球生產和需求造成全面衝擊，各國應該聯手加大宏觀政策對沖力度，防止世界經濟陷入衰退。」新冠肺炎疫情大大影響了人類的發展，因此我們必須同舟共濟，共克時艱，加強合作。在無情的病毒面前，國界、種族也變得毫不重要，我們應秉持人類命運共同體的理念，心懷希望，團結前行，戰勝困難！

內容提要 | **1** 新冠肺炎疫情暴發後，暴露了全球衛生治理體系的弊病，例如反應遲緩、醫療資源不足、協同理念差等問題。

2 擁有高度發達的醫療系統的地方，不同的衛生治理模式也可以導致完全不同的治理效能。

3 人類衛生健康共同體豐富和完善了人類命運共同體理念。

4 團結合作才能凝聚最大的全球合力，共同攜手抗疫才能最大限度地保護全人類的生命安全。

關鍵概念 | 人類衛生健康共同體　人類命運共同體　新冠肺炎
全球衛生治理體系　健康絲綢之路

深度閱讀 |

主題	書名	頁碼
人類衛生健康共同體	《人民至上 生命至上 —— 習近平領導中國抗擊新冠肺炎疫情全球評論與報導選輯》	代序 1-17
		697-698
		719-721
		791-794
		861-864
		882-885
		901-906
		1151-1153
		1185-1189
		1334-1336
		1453-1454
		1497-1499
		1527-1530
		1543-1546
		1591-1593
		1597-1599

主題	書名	頁碼
		1667-1674
		1746-1748
		1856-1860
		1930-1934
		1952-1955
		2047-2049
		2139-2141
		2201-2203
		2233-2235
		2271-2273
		2287-2290
		後記 1-9

延伸問題

是非題

1. 「人類衞生健康共同體」的理念是習近平提出的。 是 / 非

2. 習近平主席指出世界要共同戰勝疫情，同時把人民生命安全和身體健康放在首要位置，尊重每個人的生命價值和尊嚴。 是 / 非

3. 擁有高度發達的醫療系統的地方，不同的衞生治理模式也可以導致完全不同的治理效能。 是 / 非

填充題

4. 新冠肺炎疫情暴發後，暴露了全球＿＿＿＿＿體系的弊病，例如＿＿＿＿、醫療資源不足、＿＿＿＿差等問題。

5. 中國在這次新冠肺炎疫情當中，一直堅持＿＿＿＿的理念，強調現在比以往任何時候都更需要＿＿＿與＿＿＿。

問答題

6. 「人類衛生健康共同體」的理念在何時由何人提出？

_____

_____

_____

_____

7. 習近平主席提出的疫情防控的原則是甚麼？

_____

_____

_____

_____

（答案見附錄）

第 1 章

是非題 1. 是　2. 是　3. 是

填充題

4. 「中國特色社會主義」成功把馬克思列寧主義中國化，並結合毛澤東思想、鄧小平理論、「三個代表」重要思想、科學發展觀，以及習近平新時代中國特色社會主義思想，發展成一套切合中國國情的思想。

5. 中國特色社會主義必須堅持以人民為中心的發展思想，不斷促進人的全面發展、全體人民共同富裕。

問答題

6. 號召全黨堅持貫徹黨的基本理論、基本路線，把各項工作做得更好。貫徹「三個代表」，加深理解十六大的基本精神。保持與時俱進的精神狀態，不斷開拓馬克思主義理論新境界、新成果。

7. 經濟建設、政治建設、文化建設、社會建設、生態文明建設五位一體，戰略佈局是全面建設社會主義現代化國家、全面深化改革、全面依法治國、全面從嚴治黨四個全面。

第 2 章

是非題 1. 是　2. 是　3. 是

填充題

4. 國共內戰後，共產黨正式執掌中國，帶領人民走向繁榮富強。

5. 鄧小平所提出的改革開放，正式打開了中國的大門，讓中國慢慢走向富強。

問答題

6. 「中國夢」的內涵與特色是把國家、民族和個人作為一個命運的共同體，把國家利益、民族利益和每個人的具體利益都緊緊地聯繫在一起，達至國家富強、民族振興、人民幸福。

7. 習近平主席強調，改革開放是一項長期的、艱巨的、繁重的事業，必須一代又一代人接力幹下去。

第3章

是非題 1. 是　　2. 非　　3. 是

填充題

4. 建設中國特色社會主義，總依據是社會主義初級階段，總佈局是五位一體，總任務是實現社會主義現代化和中華民族偉大復興。

5. 「五位一體」總體佈局，我們可以理解為：全面推進經濟建設、政治建設、文化建設、社會建設、生態文明建設，實現以人為本、全面協調可持續的科學發展。

問答題

6. 「四個全面」戰略佈局是個環環相扣的整體，全面建成小康社會是戰略目標，全面深化改革、全面依法治國、

全面從嚴治黨是三大戰略舉措，在背後支持國家全面
建成小康社會。

7. 全面依法治國，即是依照人民意志和社會發展，構建一
   個法治國家，務求國家的政治、經濟、社會各方面的
   活動都必須依照法律執行，不能受任何個人意志干預
   和阻礙。依法治國是發展社會主義市場經濟的必要條
   件，更是國家長治久安的必要保障。

第 4 章

是非題 1. 是　　2. 是　　3. 非

填充題

4. 高度自治怎樣在《基本法》「一國兩制」中體現？「一國兩
   制」下的高度自治，是在全國人大授權下的自治，香港高
   度自治的權力是來自<u>中央人民政府</u>的授權。香港享有<u>立
   法權</u>，獨立的<u>司法權</u>和<u>終審權</u>。

5. 十九大報告指出，要堅持愛國者為主體的<u>「港人治港」</u>，
   即以<u>愛國者</u>為主體的團隊管治香港。

6. 「高度自治」基本原則是確立香港原有的<u>資本主義</u>不會受
   影響，與中國內地的<u>社會主義</u>共同前進。

問答題

7. 「一國兩制」意指在一個中國的前提下，國家主體實行社
   會主義制度，而香港作為特別行政區可保持原有的資本
   主義制度。

8. 1981 年，鄧小平看到香港實行資本主義，與中國實行社
會主義的情況甚為不同，於是提出對香港實施「一國兩
制」的想法，在「一個國家」這個前提和基礎上，按照香
港的特殊情況而實行「兩種制度」。

「一國兩制」源於國家為實現和平統一和領土完整，解決
包括香港問題在內的祖國統一問題而提出的構想，本意
是容許一個國家之內，局部地區可實行不同的制度。

在「一國兩制」下，中央對特區擁有全面管治權。只有堅
持「一國」原則和尊重「兩制」差異，把維護中央全面管
治權和保障香港特區的高度自治權有機結合起來，「一國
兩制」的實踐才能行穩致遠。

第 5 章

是非題 1. 是　　2. 是　　3. 非

填充題

4. 世界進入 21 世紀的第二個十年，<u>全球化</u>、<u>文化多樣化</u>
一直在快速崛起，國際格局同時也在不斷演變，世界正
處於大變革中。

5. 中國特色大國外交要全面推進，構建<u>人類命運共同體</u>，
引領時代潮流的發展和人類前進的方向，開創全新的
外交策略，倡導和堅持<u>和平共處</u>五項原則。

問答題

6. 隨着中國外交實力不斷提升，中國與其他國家的相互
合作也隨之加深。因應這個現象，中國提倡與他國共

建「互利共贏」的局面，強化彼此的聯繫。2014 年 11 月 28 日，習近平主席在中央外事工作會議上發表講話，提到中國必須有自己的特色大國外交，由「發展中大國」慢慢變成「發展中強國」，並要對全球具有影響性，既要專注於中華民族偉大的復興夢，更要推動人類命運共同體的發展，帶領世界一同進步。

7. 世界正面臨糧食安全、資源短缺、氣候變化、網路攻擊、人口爆炸、環境污染、疾病流行、跨國犯罪等安全問題，這些嚴峻的問題對國際和人類生存構成挑戰。因此，不論國籍、信仰，實際上全球的人類都處於一個命運共同體中，我們需要並亟需發展一套全新的全球價值觀，以應對人類的共同挑戰。

第 6 章

是非題 1. 是　2. 非　3. 是

填充題

4. 「一帶一路」是「絲綢之路經濟帶」和「21 世紀海上絲綢之路」的簡稱，由習近平主席分別提出建設「新絲綢之路經濟帶」和「21 世紀海上絲綢之路」的合作倡議。

5. 「一帶一路」建設秉承共商、共享、共建原則。

問答題

6. 「一帶一路」促進經濟自由流動和市場融合，推動各國實現經濟政策協調，開展更深層次的區域合作，打造開放、包容的區域經濟合作架構。

「一帶一路」符合國際社會的根本利益，反映人類社會的共同理想，讓國際通過合作，發展出全球治理的新模式。

「一帶一路」致力建立和加強亞歐非大陸及附近海洋的互通，構建全方位的網絡，實現沿線各國多元、自主、平衡、可持續的發展。

「一帶一路」推動沿線各國發展，發掘市場潛力，促進投資和消費，創造需求和就業，增進各國人民的交流，讓各國人民共享和諧、富裕的生活。

「一帶一路」戰略既是今後中國對外開放的總綱領，也成為全面深化改革的方向。

通過跨國產權的合作，「一帶一路」有效避免被「西方經驗」局限，為中國的經濟、國家治理和社會治理創造更有效的外部監督，從根本上解決治理效率的問題。

「一帶一路」引領中國構建開放型經濟新體制，全面統籌促進國內各領域的改革發展。

「一帶一路」既擴大和深化對外開放的需要，也加強和亞歐非、和世界各國的互利合作，為人類和平發展作出更大的貢獻。

（以上為參考答案，答出其中兩點便可。）

7.　「一帶一路」的合作重點在於加強相關各地的政策溝通、設施聯通、貿易暢通、資金融通和民心相通。

第 7 章

是非題 1. 是　　2. 是　　3. 是

填充題

4. 新冠肺炎疫情暴發後，暴露了全球<u>衛生治理</u>體系的弊病，例如<u>反應遲緩</u>、醫療資源不足、<u>協同理念</u>差等問題。

5. 中國在這次新冠肺炎疫情當中，一直堅持和平合作的理念，強調現在比以往任何時候都更需要<u>團結</u>與合作。

問答題

6. <u>2021 年 5 月 21 日，習近平主席在北京以視頻方式出席全球健康峰會，並發表題為《攜手共建人類衛生健康共同體》的講話，正式提出「人類衛生健康共同體」的理念。</u>

7. <u>2022 年 4 月，習近平主席在海南考察時指出：防疫「要堅持人民至上、生命至上，堅持外防輸入、內防反彈，堅持科學精準、動態清零，抓細抓實疫情防控各項舉措。要克服麻痺思想、厭戰情緒、僥倖心理、鬆勁心態，針對病毒變異的新特點，提高科學精準防控本領，完善各種應急預案，嚴格落實常態化防控措施，最大限度減少疫情對經濟社會發展的影響。」</u>

《為國記言存史系列叢書》書目

序號	書名	出版年份
1	《習近平訪美全球評論與報道選輯》	2012
2	《中國夢 復興夢 —— 習近平當選中共中央總書記全球評論與報道選輯》(I, II)	2013
3	《中國夢與美國夢 —— 習近平當選國家主席暨首次習奧會全球評論與報道選輯》	2013
4	《習近平訪俄全球評論與報道選輯》	2014
5	《習近平訪歐全球評論與報道選輯》	2014
6	《習近平訪亞全球評論與報道選輯》	2015
7	《習近平訪非拉全球評論與報道選輯》	2015
8	《習近平訪大洋洲全球評論與報道選輯》	2015
9	《習近平：2014 中國主場外交全球評論與報道選輯》	2015
10	《習近平訪美暨出席聯合國峰會全球評論與報道選輯》	2015
11	《習近平訪英全球評論與報道選輯》	2016
12	《習馬歷史性會面全球評論與報道選輯》	2016
13	《習近平訪亞歐非 12 國暨出席國際會議全球評論與報道選輯》(I, II)	2016
14	《習近平：2015 中國主場外交全球評論與報道選輯》	2016
15	《習近平「一帶一路」倡議全球評論與報道選輯》(I, II, III)	2017
16	《習近平訪亞非歐美 14 國暨出席國際會議全球評論與報道選輯》(I, II)	2017

序號	書名	出版年份
17	《習近平：2016 中國主場外交全球評論與報道選輯》	2017
18	《習近平：2017 中國主場外交全球評論與報道選輯》	2018
19	《習近平訪歐美亞 8 國暨首次習特會全球評論與報道選輯》(I, II)	2018
20	《新時代 新思想 —— 習近平再次當選中共中央總書記、國家主席全球評論與報道選輯》(I, II)	2018
21	《習近平：2018 外訪暨出席國際會議全球評論與報道選輯》(I, II)	2019
22	《習近平：2018 中國主場外交全球評論與報道選輯》(I, II)	2019
23	《習近平：2019 外訪暨出席國際會議全球評論與報道選輯》(I, II)	2020
24	《習近平：2019 中國主場外交全球評論與報道選輯》(I, II)	2020
25	《人民至上 生命至上 —— 習近平領導中國抗擊新冠肺炎疫情全球評論與報道選輯》(I, II, III)	2022